Papel certificado por el Forest Stewardship Council®

FSC
www.fsc.org
MIXTO
Papel | Apoyando la silvicultura responsable
FSC® C117695

Penguin Random House Grupo Editorial

Primera edición: septiembre de 2024

Diseño de cubierta: Penguin Random House Grupo Editorial / Ariadna Oliver

Printed in Spain – Impreso en España

ISBN: 978-84-10050-50-1
Depósito legal: B-10.436-2024

Compuesto por Miguel Ángel Mazón Studio
Impreso en Gómez Aparicio, S. L.
Casarrubuelos (Madrid)

GT 5 0 5 0 1

IRENE SILVA

Empezar de cero

Ilustrado por
Melania Badosa

Montena

1

Toda mi vida sigue metida en un montón de cajas. Es lo primero que veo cuando suena el despertador y abro los ojos. Cajas y cajas apiladas a mi alrededor en mi nuevo dormitorio. Muy nuevo y muy desconocido. Tan nuevo y desconocido como esta casa, como la ciudad en la que me encuentro y como el instituto al que debo llegar puntual dentro de una hora.

¿Por qué todo es tan nuevo y desconocido para mí? Te explico: mi familia y yo acabamos de mudarnos lejos de nuestro hogar. Aunque «lejos» se queda corto para los **343,9 kilómetros** de distancia que son en realidad. No exagero. Lo busqué en internet y casi me echo a llorar durante el viaje. Un viaje de horas y horas en coche, por cierto.

A ver, no es por ponerme dramática, porque yo no soy así, pero voy a echar mucho de menos todo lo que he dejado atrás. Sobre todo, a mis mejores amigas. Andrea y Sara. Me organizaron una fiesta de despedida increíble y ahí sí que lloramos todas a moco tendido. Somos inseparables desde pequeñas, pero, como veis, hay algo que sí ha logrado separarnos.

El nuevo trabajo de mi madre.

Estoy superfeliz por ella. ¡De verdad que sí! Su sueño siempre ha sido trabajar como chef y por fin lo ha conseguido. Aunque podría haberlo conseguido un poquito más cerca de donde siempre hemos vivido, ¿no? Por eso de evitar que nuestra vida dé un giro de **180 grados** de la noche a la mañana.

Pero, bueno, la familia Silva siempre nos apoyamos en todo, incondicionalmente. Además, esta situación tiene fecha de caducidad: un año. Es lo que dura el contrato de mi madre, por lo que, en doce meses, regresaré a mi ciudad, a mi instituto y al lado de mis mejores amigas.

¡Todo volverá a la normalidad! Y esa perspectiva me da suficiente fuerza y esperanza como para afrontar cualquier problema.

De pronto, la puerta de mi habitación se abre sin que nadie llame primero y Bimba, mi perrita, entra.

—¡Bimbiiii! —la llamo con cariño—. ¿Cómo has podido abrir tú sola?

Es imposible. Si es una mezcla de yorkshire y bodeguero. Vamos, que es diminuta. No mide ni un palmo de alto. ¿Cómo va a llegar ella sola al pomo de la puerta? ¿Estaré alucinando por la falta de sueño? Entonces, Alba, mi hermana mayor, entra también y la duda se resuelve: ha sido ella quien ha abierto. En mi defensa, diré que llegamos ayer por la tarde y sigo cansadísima de descargar **cajas** y **maletas** y más cajas y más maletas.

—¿Aún estás en la cama? —se extraña mi hermana—. Vamos, que llegarás tarde a tu primer día de instituto.

—Si falta una hora entera. —Me desperezo y bostezo con la boca bien abierta porque, total, solo están viéndome mi hermana y mi miniperrita.

—Irene, entras a las ocho y... son las siete y media.

Cierro la boca de golpe y luego chillo:

—¿¡Qué!?

Madre mía, ¿es que soy sonámbula y he retrasado el despertador sin enterarme? Me levanto de un salto y tropiezo con una pila de cajas. ¡Auch! ¿Dónde metí la ropa? ¿Y la plancha para el pelo? Mamá y papá tenían razón: anoche debería haber organizado las cosas del insti por si acaso.

Nunca lo dejo todo para el final. Aunque, insisto, ¡ayer estaba agotada!

Me muevo como un huracán por el dormitorio, abriendo cajas hasta encontrar unos vaqueros, una camiseta y unas zapatillas. Adoro la moda y prepararme para salir, pero aquí estoy: combinando, con los ojos medio cerrados por las legañas, el *outfit* con el que me presentaré frente a una clase en la que no conozco a nadie. Y encima con el curso empezado.

¡Qué cuadro!

Menos mal que anoche sí saqué el neceser. Me arreglo a toda prisa y después meto en la mochila los libros de las asignaturas que me tocan hoy casi al azar. No tengo tiempo ni para revisar el horario. ¡Que sea lo que tenga que ser!

hand soap

Cuando estoy lista, mis padres ya se han ido a trabajar y mi hermana Alba, a la universidad.

Respiro hondo. Todo va a salir de maravilla. Para empezar, porque soy optimista por naturaleza. Siempre intento tener una sonrisa en la cara y eso me hace sentir genial.

Justo antes de salir de casa, me suena el móvil. Entusiasmada, me lo saco del bolsillo. Andrea y Sara prometieron hacerme una videollamada antes de entrar a clase para darme ánimos. Pero no son ellas. De hecho, ni siquiera han dicho nada en nuestro grupo de WhatsApp. ¡Qué raro!

De todas maneras, la notificación de **TikTok** que he recibido me alegra igual. Es un mensaje de una seguidora. Me manda todo su apoyo en esta nueva etapa. ¡Toda la gente que me sigue es fantástica!

Ah, ¿aún no te lo había contado? Soy **tiktoker**. Me abrí una cuenta hace unos meses, uno de mis vídeos se viralizó y ya tengo bastantes seguidores. No lo hago a nivel profesional. De momento. Lo hago porque me apasiona grabarme, ya sea bailando, enseñando mi día a día... ¡Me vuelven loca las redes sociales!

¡En fin! El día ha empeorado muchísimo. Y ya sabes lo que dicen, ¿no? Al mal tiempo, buena cara...

Llueve. Llueve como si se fuera a caer el cielo. Por suerte, sin truenos. Las tormentas me dan un miedo terrible. Pero no tengo ni dos segundos para entrar en casa y buscar un paraguas entre el laberinto de cajas. Ni mucho menos para ponerle buena cara al mal tiempo, porque... el bus que debo coger para ir al instituto se acaba de marchar de mi parada.

Y, por supuesto, ¡corro tras él! ¡No puedo perderlo, por favor! Pero claro que lo pierdo. En medio de esta ciudad que no conozco, me detengo empapada de arriba abajo. No estoy acostumbrada a ir a clase en transporte público. Siempre he ido a pie, acompañada de mis mejores amigas. Y ahora estoy sola.

Aun así, intento mantener el ánimo. Solo debo adaptarme a tanta novedad. Sí, eso es.

Todo va a salir de maravilla.

Todo va a salir de maravilla.

Todo va a salir de maravilla.

Me lo repito hasta que me convenzo y echo a correr de nuevo hacia el instituto, con mis zapatillas chapoteando contra los charcos gigantes de barro. No quiero ni pensar en las pintas que llevo. Seguro que me parezco a Bimba cuando se reboza en el césped como una croqueta. ¡Qué vergüenza!

Después de equivocarme de calle hasta tres veces, llego al instituto. Entro e intento recuperar el aliento antes de continuar. *¿Qué tipo de lluvia es esta?* Hasta donde yo sé, sigue siendo septiembre. O sea, verano. Y en verano nunca llueve. Al menos, no en mi ciudad. Genial. Otra cosa más que echar de menos.

El instituto es enorme y no hay ni un alma por los pasillos. Le echo un vistazo al móvil. Son las **ocho y cuarto**, así que todos ya deben de estar metidos en sus aulas. Y encima Andrea y Sara ni siquiera me han enviado un triste mensaje para avisarme de que no me harían la videollamada.

Una sensación molesta se me instala en el pecho, haciendo un nudo, y respiro hondo otra vez para intentar deshacerlo. *No lo consigo.* Vuelvo a respirar profundamente. Nada, no se va de ahí, pero tampoco voy a llorar. No es para tanto, **¿verdad?** Un despiste lo tiene cualquiera y ellas

son mis dos mejores amigas de la infancia. Fijo que no me han dicho nada por una razón de peso.

Arrastro los pies por los pasillos hasta mi aula, mojando el suelo a mi paso. Frente a la puerta, intento recomponerme del todo. Me peino el pelo largo con los dedos, me limpio los churretones de rímel de las mejillas y sonrío como mejor se me da, pese a que no sé si ahora mismo se me dará tan bien como siempre. Espero que sí. No quiero causar una mala impresión.

Llamo a la puerta, el profesor me invita a pasar y entro en clase con una sonrisa.

Todos tenemos un lugar en el mundo. Y aunque el mío esté a **343,9 kilómetros** de distancia, quiero creer que este también puede ser otro. Quizá no el mejor, pero sí uno bueno.

¿Bastará con desearlo?

2

Todos y cada uno de mis compañeros de clase giran la cabeza para observarme en silencio total. Los nervios me encogen el estómago. Vale, sí, no estoy muy presentable, pero solo es lluvia. ¿Es que a nadie le ha pillado nunca un chaparrón sin llevar un paraguas encima?

—¿Irene Silva? —me pregunta mi nuevo profesor de...

Sigo sin recordar mi horario. Miro la pizarra con disimulo y... Vale, no hay duda: Matemáticas. Y, uf, menos mal que sí he cogido el libro de esta asignatura, porque el profe parece de todo menos contento conmigo.

Ojalá solo sea porque es un poco cascarrabias y no porque esté cogiéndome manía. ¡Si ni siquiera ha tenido tiempo!

—Sí —contesto.

—Preséntate y luego siéntate en tu pupitre, por favor.

«Es la nueva», oigo que cuchichea alguien de la última fila.

No me molesta. Al fin y al cabo, es la verdad: soy la nueva. Y, por suerte, no soy tímida. Si lo fuera, ¡no podría hacer todo lo que hago en **TikTok**!

Por eso avanzo con seguridad hasta colocarme delante de mis nuevos compañeros. Habría sido más fácil relacionarme si no hubiera llegado con el curso empezado, pero ¡eso no va a asustarme!

—¡Hola! Soy Irene, la nueva —bromeo. Ninguno se ríe. Vaya tela, qué público más difícil—. También soy **tiktoker**. De hecho, me encantan las redes sociales, la moda y bailar. Mi familia y yo nos hemos mudado aquí por el nuevo trabajo de mi madre. Solo estaré un año, pero espero pasármelo genial con vosotros y… aprender mucho, claro —añado, mirando al profesor. No le cambia la cara de malas pulgas.

Pfff, ¿en serio? Nadie dice nada hasta que escucho algunas risitas. Fantástico. Menuda primera impresión he causado. ¿O quizá los nervios me están jugando una mala pasada? Debe de ser eso, ¿no?

Intento no perder la sonrisa y me dirijo al único pupitre vacío de toda el aula... en primera fila. ¡Qué mal! ¡Es el peor sitio con diferencia! No es que quiera estar en las últimas filas para hablar por los codos sin que me pillen, pero ¿cómo voy a hacer amigos si tengo a los profesores casi encima?

¡No podré ni pedir un lápiz o una goma sin que me regañen!

A ver, seguro que en las pausas entre clases o durante el recreo puedo acercarme a alguien. De momento, intentaré **sobrevivir** a Matemáticas. Lo confieso: se me dan muy muy mal.

Saco el estuche y todo el material de la asignatura. Entonces, entre la libreta y el libro, veo un folleto. En él salen varios alumnos grabándose con sus móviles en medio de un escenario. En la parte superior pone: «Arte y Redes Sociales. ¡Inscríbete y aprende cómo ser un gran influencer y artista!».

Ay, ¡se me había olvidado completamente!

Veréis, resulta que mi nuevo instituto es famoso por sus actividades extraescolares. Hay de todo tipo y una de ellas es Arte y Redes Sociales. ¡Está hecha para mí! No solo perfeccionaré todo lo que ya sé, sino que también será una buena oportunidad para conocer a gente con mis mismas aficiones. ¡No puedo perdérmela por nada del mundo!

La hora se me pasa tan lenta que me sobresalto cuando suena el timbre.

—Irene, ven un momento —me pide el profesor.

Uy, mala señal. Bueno, mala no. ¡Terriblemente malísima! Porque en cuanto me acerco a su escritorio, me dice:

—Has llegado con **quince minutos** de retraso. Y encima en tu primer día. No tolero la impuntualidad. Esta tarde te quedarás castigada a ordenar y limpiar el aula, ¿de acuerdo?

No puedo protestar. Sería una falta de respeto gigantesca. Así que me limito a asentir y aceptarlo. Pero es injusto. Yo no he pedido que llueva a cántaros, ni me he perdido por las calles a propósito. Todavía no conozco bien la ciudad, ni este instituto. Por no conocer, ¡no conozco bien ni mi nueva casa!

—Lo siento mucho —añado antes de volver a mi pupitre.

Clavo los ojos en el folleto de Arte y Redes Sociales y, entonces, me doy cuenta. Oh, no. ¡Oh, no! ¡Mi castigo coincide con la extraescolar! ¿Cómo voy a conseguir cumplir con lo primero y llegar a tiempo a lo segundo?

Esa sensación molesta que he sentido en el pecho antes de entrar en clase crece. Parece hincharse un poquito más, como si fuera un globo. Y, por un momento, creo que me echaré a llorar.

Pero no.

¡Yo nunca tiro la toalla tan fácilmente!

Así que, en vez de aprovechar el recreo para entablar conversación con algunos de mis compañeros, busco a la profesora encargada de Arte y Redes Sociales. Encontrarla me cuesta entre poco y un montón. Poco, porque está en la sala de profesores. Y un montón porque, antes de localizarla, me confundo y casi me meto en la cocina de la cafetería sin querer.

—¿Está Miriam? —pregunto después de llamar a la puerta de la sala y asomarme.

La profesora de mi futura extraescolar favorita se levanta enseguida y se reúne conmigo. Me presento mucho mejor que como lo he hecho a primera hora y le pregunto si aún puedo apuntarme a su actividad.

—¡Claro que sí! ¡Cuantos más, mejor! Además, tienes experiencia como tiktoker, ¿verdad? ¡Así aprenderemos el doble! —me explica entusiasmada. ¡Toma ya! El día aún puede mejorar—. Eso sí, debes estar puntual en el aula. Si encuentras la puerta cerrada, significará que has llegado tarde y ya no podrás participar.

Vaya... No puedo decirle que me han castigado justo *por ser impuntual*, ni que ese es el motivo por el que no podré estar a la hora. Por hoy, ya he superado mi límite de malas impresiones. No quiero quedar mal con otra profesora... Pero tampoco puedo perder esta oportunidad.

—¡Muy bien! ¡Allí estaré! —contesto.

Madre mía, ¿en qué lío me acabo de meter? ¡Siempre igual, no aprendo! ¿Cómo voy a estar en dos sitios a la vez? Que yo sepa, nadie ha inventado la clonación todavía. Ojalá, pero no. ¿Y si llamo a mi hermana Alba y le pido que se haga pasar por mí? No, no colaría. Nos parecemos, pero no tanto.

No dejo de darle vueltas a lo largo del día. Y cuando por fin suena el timbre de la última clase, ¡tengo un plan!

Este es: iré a la extraescolar, me apuntaré, le pondré como excusa a la profe que me encuentro mal para poder irme y regresaré al aula para limpiarla. Solo necesito ser rápida y tener suerte para que el profesor de Matemáticas no me pille **escabulléndome**.

En cuanto no queda ni un alumno en clase, salgo corriendo hasta el aula de Arte y Redes Sociales. Me he pasado toda la hora de Literatura memorizando el camino para no perderme por enésima vez.

¡Nada ni nadie me estropeará esta oportunidad!

¿O sí?

Cuando estoy a punto de llegar al aula, una chica alta y rubia con pintas de ser bastante popular agarra el pomo de la puerta.

—¡Espera! —le pido.

Ella me mira. Estoy segurísima de que me ve, porque encima me sonríe. Pero no es una sonrisa amable. Casi parece falsa. Y… no me espera. ¡Será posible! Todo lo contrario: me cierra la puerta **en las narices**.

No puede ser.

Esto no me está pasando a mí.

Debería llamar y entrar, ¿no? He llegado «tarde» por un único segundo. De hecho, si esa chica me hubiera esperado, estaría dentro y tan puntual como le he asegurado a la profesora que sería.

Pero… la realidad es que la puerta está cerrada y yo he perdido mi oportunidad.

Me cuesta respirar. ¿Me duele? No. Seguro que es por la carrera que me he pegado hasta aquí. Sí, sí, eso es.

¿Qué me he repetido esta mañana?

Todo va a salir de maravilla.

Todo va a salir de maravilla.

Todo va a salir… **mal**.

Cuando regreso a mi clase para ordenarla, el profesor de Matemáticas ya está allí. Antes de que pueda justificarme, me dice:

—Esta no es la actitud, Irene. Por intentar incumplir el castigo, limpiarás el aula todas las tardes durante un mes entero.

—Lo siento mucho —repito, aunque no creo que valga de algo ya.

Es oficial: *ha sido un primer día horrible*. He llegado tarde y con un aspecto desastroso. No he hecho amigos, sino el ridículo. Me han triplicado el castigo. Y no voy a poder unirme a la extraescolar más guay del instituto.

Al menos, es viernes. Tengo todo el finde por delante para descansar e intentar ver mi futuro de una forma más positiva.

Ojalá lo consiga.

3

¡Hoy va a ser un gran sábado! Como ayer llovió tanto, el cielo ha amanecido muy azul, sin una nube y con un sol radiante. ¡A esto sí que se le puede llamar verano!

Además, ¿os cuento un secreto? Conozco la fórmula para animarse después de un día horrible: desayunar **gofres con chocolate** y *topping* de galletas trituradas. Y, si encima lo acompañas con zumo de naranja, ¡mejor que mejor!

Os lo aseguro: ¡es infalible!

Cuando ya tengo preparada la más increíble de las recetas *by* Irene Silva, mi hermana mayor entra en la cocina a medio arreglar. Y, aun así, ya está guapísima.

—¿En serio estás comiéndote eso a estas horas? —me pregunta Alba.

—¡El desayuno es la comida más importante del día!

—Irene, es la una del mediodía.

A ver, ya. Es que necesitaba recuperar, por lo menos, **quince horas** de sueño. ¡Y del tirón! Pero supongo que también lo dice porque sigo en pijama y despeinada como una loca.

—Voy a salir por ahí a dar una vuelta con mis compañeras de la uni. ¿Te apetece venir? —me propone. No me deja ni contestar, y añade—: Aunque supongo que ya tendrás planes con tus nuevas amigas del insti, ¿no?

Anoche no me extendí mucho cuando le expliqué a mi familia cómo había sido mi primer día de clase. Así que dieron por hecho que me fue genial, porque a mí las cosas no me suelen ir tan fatal como ayer. Y no me gusta mentir, pero ¿sinceramente? No quiero preocupar a mis padres y a mi hermana.

Por eso, y aunque me cueste bastante, miento:

—En principio, sí. Pero no puedo salir con ellas. Sara, Andrea y yo vamos a hacer una videollamada de las largas.

—Ah, pero ¿no quedasteis en hacerla ayer por la mañana? ¿No te llamaron al final?

—Sí, sí, sí. Claro que sí.

Volver a mentir no me sienta nada bien. Alba parece notarlo, porque frunce el ceño. Mirad, mi hermana mayor no es solo mi hermana mayor. También tengo la suerte descomunal de poder considerarla mi amiga. Me conoce mejor que yo misma. Y ahora me está leyendo como si fuese un libro abierto:

—Estás rara, Irene. ¿Ha pasado algo?

—¡No! ¿Qué va a pasar? Andrea y Sara son mis mejores amigas. Es normal que quiera hablar con ellas todos los días.

—Bueno...

Lo deja estar porque eso es verdad: al final, Andrea y Sara enviaron un mensaje al grupo de WhatsApp diciendo que nos llamaríamos hoy. Solo de pensarlo otra vez, ¡me animo mucho más!

De hecho, ¡solo me queda una hora para arreglarme!

Escojo un *outfit* chulo, me maquillo un poco y preparo el móvil sobre el escritorio para tener un buen encuadre. Bimba se acuesta a los pies de la cama y yo me siento en la silla a esperar. Tengo un montón de mariposas en el estómago. ¡Estoy tan feliz!

Hablar con mis mejores amigas lo solucionará todo.

Clinc. Clinc. Clinc. Suenan varias notificaciones y enseguida sonrío de pura alegría. Desbloqueo el móvil, abro **WhatsApp** y…

Sara
Tía, al final no podremos conectarnos.

Andrea
Tenemos una fiesta en el chalet de nuestras amigas, sorryyy.

Sara
Ya quedamos otra semana, ¿vale? ¡Ciao!

Andrea
¡Besos!

La sonrisa se me tensa, pero no dejo que desaparezca. Les contesto enseguida preguntándoles si no tienen aunque sea un segundín para llamarme. Solo necesito escuchar sus voces un momento para que mi estado de ánimo mejore un montón. ¡Es lo que tiene la amistad! Son como una familia.

Pero pasan los minutos. Dos. Cinco. Diez. **¿Veinte?**

Me recuesto en la cama y me acurruco. Es imposible. ¿Me han dejado en visto adrede? Pero han dicho que no pueden conectarse por una razón. ¿O en realidad no quieren? ¿Estarán haciéndome el vacío?

No estoy acostumbrada a sentirme insegura. Sara y Andrea jamás de los jamases me han hecho sentir así. ¿Entonces? Quizá sea cosa de la distancia. Todo el mundo sabe que no es fácil manejarla. A lo mejor solo es cuestión de adaptarnos al cambio de ritmos.

A fin de cuentas, ellas tienen todo el derecho a hacer sus planes allí (una fiesta alucinante en el chalet de sus amigas) y yo también (pasar el día **sola en casa** cuenta como plan, ¿verdad?).

Me rasco bajo el cuello porque vuelve a aparecer esa presión que a veces no me deja respirar. Es como un nudo en la garganta. Inspiro hondo. No logro deshacerlo, pero al menos se afloja un poco.

¡En fin! Ya que no voy a salir de casa, aprovecharé para hacer los deberes, terminar de organizar lo que me queda de la mudanza y grabar todo el contenido que tenía pensado para mis redes sociales. Fijo que a mis seguidores les encantará ver un *room tour*.

Antes de ponerme con los ejercicios, entro en **TikTok** a echar un vistazo. Una tiene que coger fuerzas de alguna parte para resolver ecuaciones de no sé cuántos grados, ¿o no? Y ya que estoy metida, busco si la chica que ayer me cerró la puerta de Arte y Redes Sociales tiene perfil. Digo yo que tendrá, si le gustan ambas cosas.

La encuentro enseguida poniendo las palabras adecuadas en el buscador. Se llama Claudia Conde y tiene casi tantos seguidores como yo. Es más, compartimos gustos y…

¿¡Qué!?

¡Me sigue!

Un momento. Esto no tiene ningún sentido. Si me sigue, ¿por qué se comportó conmigo de ese modo y sin un motivo real? ¿Es que no me reconoció?

De nuevo, me rasco bajo el cuello. Es una pena, en serio. De alguna manera, siento que podríamos llevarnos genial.

«Bueno, la amistad debe empezar por alguna parte», me digo a mí misma.

No me importa dar el primer paso si este me conduce por el buen camino: así que no lo pienso dos veces y sigo a Claudia en TikTok. ¡Hecho! Ahora le toca a ella dar el siguiente paso.

Me pongo con mis tareas. Acabo los deberes, luego ordeno mis cosas de la mudanza y, al final, grabo el *room tour*. Mi dormitorio ha quedado **espectacular** y me divierto un montón mientras enseño cómo he colocado toda la decoración.

Solo entonces empiezo a animarme de verdad. Esta es la cara buena de las redes sociales: crear y compartir tu visión del mundo con los demás. ¡Ojalá no cambie nunca!

Puede que yo no haya tenido el mejor de los comienzos, pero no estoy dispuesta a rendirme. Los cambios son importantes, porque, si no, ¡la vida sería un **aburrimiento total**!

4

¡Tengo un buen presentimiento! Y eso que es lunes, y a nadie le gustan los lunes. Pero a lo mejor me hago fan, porque ha vuelto a salir un sol estupendo, he podido arreglarme con tranquilidad y he llegado puntual a clase.

De hecho, ¡soy **la primera**!

Creo que nunca me he alegrado tanto de levantarme con el despertador y no apurar el tiempo para remolonear un ratito más en la cama. Hasta Bimba se me ha quedado mirando como si me faltara un tornillo.

El caso es que, como soy la primera, puedo fijarme en mis compañeros a medida que van entrando en el aula. Algunos charlan, otros se ríen, varios juegan a pasarse una pelota… En definitiva, se divierten todos juntos. Está claro que se conocen desde pequeños y que los grupitos ya están hechos.

Ningún alumno llega solo. Bueno, sí, solo una chica.

Eh... ¿¿¿PERDONA???

¡Es Claudia!

No me di cuenta de que estábamos en la misma clase. Y qué raro que no tenga a un montón de gente pululando a su alrededor, ¿no? Me dio la sensación de que era la típica reina de instituto, al menos desprende ese aire, pues no me mira **ni una sola vez**, por supuesto.

—¡Silencio! —ordena el profesor de Matemáticas cuando llega. Se llama Lorenzo. Durante el finde, aparte de aprenderme el horario, también he memorizado el nombre de todos mis profes—. Ya sabéis cómo funciona. Dejad todo en el suelo. Solo podéis tener boli, lápiz, goma y la calculadora sin la tapa sobre el pupitre. Las narices pegadas al folio. Si creo que alguien está intentando copiar, lo suspendo de manera automática.

Espera, espera, espera.

¿Nos está poniendo un examen sorpresa?

—¡Vamos! —nos mete prisa Lorenzo dando unas palmadas—. Después os quejáis de que no tenéis tiempo. Y ya os avisé: este examen, aunque sea parcial, cuenta para nota.

Vale, confirmado: nos está poniendo un examen, pero no es sorpresa. ¿Desde cuándo se sabe esto? A mí no me suena que lo mencionara el viernes pasado. Aunque... yo no estaba ni para fijarme en quiénes eran mis compañeros.

¡Qué desastre! No es que las matemáticas sean uno de mis **puntos débiles**... Es que, haciendo los deberes el finde, me di cuenta de que aquí van más adelantados que en mi antiguo instituto.

Así que *la cosa pinta feísima* porque, aparte de que la asignatura se me da mal, no he estudiado y... ¿ya he dicho que la asignatura se me da mucho peor que mal?

¿Y si le pido al profesor una prórroga? ¿Me la concedería por mi situación específica?

Inmediatamente, me queda claro que no: Lorenzo me deja el examen sobre el pupitre con un gesto de advertencia. Sí, sí, de esos que parecen decirte: «Más vale que apruebes o te ampliaré el castigo hasta final de curso».

Cuando comenté que quizá el profe me estaba cogiendo manía, era una broma. Pero... un poquito sí que la tiene tomada conmigo, ¿no?

En fin, hago el examen lo mejor que sé, aunque no es mucho. Poco. Nada. Un **cero patatero**, vamos. Estoy segura de que he suspendido. De que, si existe el -1, esa es la nota que habré sacado.

—Esta tarde colgaré las notas en el pasillo —nos comunica Lorenzo, y luego se marcha cargado hasta arriba de papeles.

La idea de haber suspendido un examen en mi segundo día de clase hace que me desconcentre el resto de la jornada. Además, durante el recreo, almuerzo sola. Los mismos grupitos de esta mañana se han colocado en las diferentes mesas y no parece que nadie tenga ganas de incluirme. Qué rollo. Además, este insti tiene cafetería, ¡algo que me encanta! En el otro, siempre teníamos que salir al patio.

Me corrijo: los lunes vuelven a apestar muchísimo.

Para colmo, la última asignatura es Inglés. Y, si hay algo que me cuesta aprender tanto como resolver raíces y polinomios, son los idiomas.

—Tú eres Irene, ¿verdad? —me pregunta la profesora, antes de comenzar la clase. Asiento—. Yo soy Emma. No te preocupes por lo que hayamos podido avanzar del primer tema. Ha sido muy poquito. Si tienes cualquier duda, me avisas.

¡Ojalá el de Matemáticas fuera como ella! Resulta que es una profe muy agradable y divertida. De momento, *es mi favorita*. Y eso que va a alucinar cuando empiece a chapurrear inglés y castellano a la vez.

Todo parece ir bien hasta que nos manda hacer un trabajo por equipos. *Equipos de cuatro*. ¿Y qué tal equipos de uno? Porque, teniendo en cuenta lo que me ha pasado durante el recreo, no sé si alguien querrá juntarse conmigo ahora.

Se monta un revuelo tremendo cuando todo el mundo empieza a agruparse **de cuatro en cuatro**. Cuando estoy a punto de levantarme para intentar no quedarme sola otra vez, tres chicas se paran delante de mí.

—¡Hola, Irene! Soy Nadia —me saluda una que lleva una trenza en el pelo. Veo que otra de las chicas lleva unos auriculares en el cuello. ¡Quizá les gusta la música!—. ¿Te apetecería hacer el trabajo con nosotras?

—¿Seguro? —suelto.

A ver, no me sale otra cosa porque no me lo esperaba. Pero ellas no dejan de sonreírme con amabilidad y enseguida aclaro entusiasmada:

—¡Sería genial! ¡Gracias!

Mientras arriman tres sillas a mi pupitre para sentarse a mi lado, la chica pelirroja vestida con un chándal se presenta:

—Yo soy Raquel, por cierto.

—Y yo, Zoe —añade la tercera. Entre su libro y su libreta de Inglés, puedo ver que también sujeta una novela.

Casi se me saltan las lágrimas de la alegría. ¡La profe ni siquiera ha tenido que intervenir!

Nos explica en qué va a consistir el trabajo. Pero en vez de aprovechar la hora para avanzar, Nadia, Raquel y Zoe me hacen mil preguntas:

—¿De dónde eres?

—¿Tienes hermanas?

—¿Cuál es tu animal preferido?

—¿Y tu comida preferida?

—¿A cuántos conciertos has ido?

—¿Practicas algún deporte?

—¿Lees?

Ha sido tan de repente que ya no me acuerdo ni de la última pregunta. Y debe de ser muy evidente, porque las tres se echan a reír. No de mí, sino por la situación tan cómica. Raquel me dice:

—Lo siento, Irene. A veces podemos ser muy intensas. Mira, empiezo yo: soy muy fan del deporte. Los practicaría todos si el día tuviera **más de veinticuatro horas**. Aunque mi favorito es el atletismo. Este año quiero ganar el campeonato interescolar.

—Y yo soy todo lo contrario —continúa Nadia—. ¿Sudar? No entra en mis planes. Pero ¿la música? ¡La adoro! Mi madre siempre tiene que cerrarme el agua caliente porque me paso horas cantando en la ducha. Y sé tocar tanto el piano como la guitarra.

Pues sí que les gustaba la música, sí. No me falló la intuición.

—Y a mí me encanta leer —termina Zoe—. Me leería hasta la lista de la compra. —Todas nos reímos—. Siempre llevo un libro encima y soy capaz de quedarme varias noches sin dormir por terminar de leer una historia. Si tiene más de quinientas páginas, mejor.

Me cuentan también que son amigas desde la guardería, y se nota, aunque no pueden ser más diferentes entre ellas. Me caen bien desde el principio. Por eso me siento cómoda cuando les hablo sobre mí. De mi antiguo hogar, la mudanza y mis aficiones.

—Quisimos hablarte el viernes pasado, pero no parecías muy contenta —me cuenta Nadia.

Y eso que me esforcé por sonreír en todo momento... Aunque tal vez ese fue el problema: forzarse a hacer algo que no sientes no está bien. Además, tienen razón. Entre la lluvia, el castigo y que encima debo sentarme **en primera fila...**, seguramente no transmití las mejores vibras.

—¿Te podemos seguir en TikTok? —me pregunta Zoe.

—¡Claro! ¡Y os sigo de vuelta!

—¡Guau! ¡Qué cantidad de seguidores! —se sorprende Raquel, mirando el móvil por debajo del pupitre—. Te habrá costado un montón llegar hasta ahí.

—Hay que invertir muchas horas, claro, pero me lo paso tan tan bien que eso lo compensa todo.

—Oye, ¿y conoces a Claudia? También es influencer —me dice Nadia.

—Sí. De vista —contesto, e intento no darle mucha importancia a cómo se portó conmigo.

—Es muy buena en todo lo que hace y eso está fenomenal, pero siempre intenta acaparar toda la atención. Es como si quisiera ser la única famosa del lugar —explica Raquel, encogiendo un hombro.

Pues yo no me considero ni la mejor, ni famosa, pero ¿es posible que Claudia me dejara plantada frente al aula de Arte y Redes Sociales porque me considera **una rival**?

No le damos más vueltas al tema y seguimos hablando de nuestras cosas. Estoy divirtiéndome tanto que *el tiempo se me pasa volando*. Cuando suena el timbre, cada una regresa a su sitio para recoger sus cosas e irse a casa.

Yo no, recordad: me toca recoger y limpiar el aula. Y pretendo dejarla como nueva para demostrarle al profe que soy una alumna responsable.

Me giro para empezar a reordenar los pupitres y entonces las veo: Raquel, Nadia y Zoe están recogiendo algunas bolas de papel del suelo.

—¿Qué hacéis? —les pregunto, un poco en shock.

—Reutilizar las bolas de papel como balones de voleibol, ¿tú qué crees? —bromea Raquel.

—Pues…

—¡Vamos a ayudarte a limpiar! —aclara Nadia sonriendo.

—Ahora formas parte de nuestro grupo, no vamos a dejarte sola —dice Zoe.

—Gracias, chicas.

Por primera vez desde que llegamos a esta ciudad, la presión en mi pecho desaparece y mi corazón late contento.

5

Raquel, Nadia, Zoe y yo nos lo pasamos en grande limpiando el aula. ¿Quién me iba a decir que barrer virutas de lápices y despegar chicles asquerosos de debajo de los pupitres podía ser **tan divertido**? Pero, en cuanto acabamos, fuimos a mirar las notas del examen parcial de Matemáticas, que estaban colgadas en el pasillo. Eso ya no me pareció tan divertido.

Porque, efectivamente, lo suspendí.

Un 2,5. Que ya es mucho, vaya. Estaba convencida de que solo había puesto bien mi nombre y mis apellidos. Anda, si todavía tendré que dar las gracias por esos **dos puntos** malísimos.

Todo esto se lo conté a Andrea y a Sara por WhatsApp, pero ninguna me respondió. De hecho, tampoco me han hablado de cómo les fue en la fiesta del chalet. Tiempo al tiempo. Paciencia. Ahora somos mejores amigas a distancia. Es complicado, pero no imposible.

De todas maneras, mi mayor preocupación sigue siendo el suspenso. Porque estamos a jueves y yo aún no se lo he contado a mis padres. A ver, tampoco vamos a montar ningún drama, ¿no? *Es un examen parcial.* Y cuenta para nota, sí, pero no es la definitiva. Seguro que tendré otra oportunidad para compensarla o incluso recuperarla.

Eso sí, tengo que esforzarme el doble, y no solo en Matemáticas. No sé qué me está pasando, pero me está costando un montón concentrarme **en todas las clases**. Es como si mi cabeza volara a otros asuntos (mi antiguo hogar, Andrea y Sara, la extraescolar) en vez de estar a lo que tiene que estar (cálculo, análisis sintáctico, blablablá).

Supongo que… ¡ya lo solucionaré!

Además, hoy mis nuevas amigas y yo estamos muy emocionadas: *Raquel está haciendo las pruebas para el campeonato interescolar de atletismo.* Si las supera, irá con los mejores alumnos a distintos colegios para competir e intentar ganar el trofeo de campeones.

La clase de Educación Física ha terminado **quince minutos** antes de lo previsto para que dé tiempo a realizar las pruebas antes de la siguiente asignatura. Y yo casi me he puesto a saltar de alegría porque no sé cuántas vueltas al patio habremos dado, pero presiento que tendré agujetas incluso en la nariz.

—¿Veis como sudar debería estar prohibido? —bromea Nadia mientras se echa cinco litros de perfume mientras salimos del vestuario.

—Y hacer abdominales, flexiones y cualquier cosa que no te permita leer a la vez —opina Zoe, abriendo su **quinta novela** de la semana. Es una pasada la velocidad a la que esta chica devora los libros.

—¡Venga! Seguro que aún pillamos a Raquel en alguna prueba y podemos animarla —les digo.

—Deberíamos llamarnos: **team Raqueen**. ¡Porque es una reina! —exclama Nadia.

—Y podríamos hacernos camiset…

No acabo la frase porque justo cuando doblamos la esquina del gimnasio, me choco con Raquel. Ni siquiera he podido frenar, mi amiga iba andando demasiado rápido y cabizbaja.

—Eh, ¿qué pasa? —le pregunto.

—Pues... resulta... que...

Ay, está llorando. Nadía y Zoe la abrazan enseguida. En cambio, yo me quedo quieta como una estatua. Quiero hacerlo, no me malinterpretéis, pero no sé si ellas querrán que me una. Puede que solo me consideren una buena compañera de clase, aunque yo ya las considere amigas y...

Raquel extiende una mano, me agarra del brazo y me pega a la piña. Sonrío a pesar de que debería estar triste porque Raquel lo está. Pero sienta muy bien que te incluyan y te quieran a su lado.

Cuando la deportista consigue calmarse, escuchamos lo que le ha ocurrido:

—No creo que haya alcanzado las marcas necesarias para que me elijan. —Se suena los mocos con un pañuelo que Zoe le ha dado—. Creo que el profe está un poco decepcionado conmigo. Pero, jo, yo he hecho todo lo que he podido y más.

—Y eso es lo importante —le dice Nadia.

—A lo mejor no te ha dicho nada porque no quiere revclar aún quiénes sois los seleccionados

—comento—. Fijo que te ha salido mejor de lo que crees. Eres increíble, Raqueen.

—¿Raqueen? —pregunta Raquel con una sonrisa.

—Es tu nuevo apodo —le explica Zoe—, porque estamos seguras de que vas a triunfar al máximo.

Nos abrazamos una última vez mientras Nadia se queja en broma de que Raquel huele peor que un calcetín sudado. Nos reímos a carcajadas y el profe de Educación Física nos regaña por estar perdiendo el tiempo en el patio.

Aunque nuestra amiga parece más tranquila durante el resto de las clases, quiero hacer algo para terminar de animarla. Por eso, durante el recreo, le propongo grabar varios **tiktoks bailando**. Así que, en vez de ir a la cafetería, salimos al patio con los más pequeños.

—No sé si se me dará bien, Irene —me dice Raquel, algo nerviosa.

—Eres capaz de correr a la vez que chutas un balón. ¡Esto es pan comido!

—¿Estáis preparadas? —nos preguntan Nadia y Zoe. Han colocado mi móvil sobre un banco y Nadia está a punto de apretar el botón de grabar.

Tik Tok

—Como hemos ensayado —le recuerdo a Raquel.

Nos cuesta tres o cuatro intentos grabar el vídeo, pero ¡nos sale fenomenal! Es más, las tomas en las que nos hemos equivocado son tan divertidas que estoy pensando en subirlas también a mi perfil.

—¡Guau, estamos supercoordinadas! —se emociona Raquel—. ¿Nos da tiempo a grabar otro?

—¡Claro!

Cuando suena el timbre de fin del recreo, hemos grabado **tres tiktoks** y nos duele la barriga de tanto reír. Raquel ya no está triste y eso me alegra un montón.

—Gracias, Irene —me dice—. Eres una amiga maravillosa.

—No hay de qué...

La voz me sale en un susurro por la emoción... y la tristeza. Pero ¿tristeza de qué? Quizá es porque sus palabras me hacen pensar en Sara y Andrea. En mis mensajes sin respuesta. En nuestra promesa de ser *mejores amigas para siempre*.

Esa sensación incómoda no se me quita en todo el día. Cuando faltan **quince minutos** para que termine la última clase, alguien llama a la puerta de nuestra aula. Es Miriam, la profe encargada de la extraescolar de Arte y Redes Sociales.

¿A qué vendrá?

—Perdona que interrumpa tu lección, Emma —le dice—. ¿Puede salir un momento al pasillo Irene Silva?

Ella asiente, conforme, y yo... me señalo a mí misma para asegurarme de que se refiere a mí. Ya, ya sé que parezco boba porque no hay más Irenes Silva en todo el instituto, pero estoy bastante sorprendida. ¿Para qué querrá hablar conmigo?

—Vamos, Irene —me apremia la profe de Inglés.

Me levanto y salgo. No se me escapa la miradita que me echa Claudia, pero tampoco las sonrisas, los pulgares levantados y los **aplausos silenciosos** que me dedican Nadia, Raquel y Zoe.

—¿He hecho algo malo? —pregunto. Casi añado «otra vez». Miriam cierra la puerta. Cuando por fin estamos solas en el pasillo, habla:

—Te he visto con tus amigas en el recreo y...

Ay, sí que he hecho algo malo: ¡va a castigarme por sacar el móvil en el insti! A ver, técnicamente no lo he utilizado durante ninguna lección, pero aun así…

—Irene, tranquila —me dice al notarme tan tensa—. Relájate. No es ninguna mala noticia. Todo lo contrario: me ha gustado mucho lo que has grabado con tus amigas. Se nota que tienes experiencia. Y no suelo hacer excepciones, pero creo que tu caso es muy particular. Sobre todo porque has llegado nueva a la ciudad y todavía estás aclimatándote.

—¿Y eso qué significa? —pregunto, más nerviosa si cabe.

—Voy a admitirte en Arte y Redes Sociales.

—¿En… serio?

—Muy en serio.

Una **sonrisa gigante** me tira de las mejillas y estoy a punto de ponerme a chillar.

—Gracias, profe, ¡millones de gracias!

Pero entonces lo recuerdo: todavía me quedan dos semanas de castigo. Suspiro, derrotada. No me puedo creer que vaya a tener que rechazar (ahora sí que sí) esta **última oportunidad**. De todas maneras y por si acaso sirve de algo, le explico mi situación. No menciono lo que me hizo

Claudia Conde, pero sí la razón de mi castigo y que coincide con la hora de la extraescolar.

—Por eso no voy a poder apuntarme. Pero muchas gracias de nuevo.

—Podría pedirle a Lorenzo que te levante el castigo los martes, los jueves y los viernes para que puedas asistir.

—¿Harías eso por mí?

—Tienes mucho talento, Irene. ¡Sería una pena desperdiciarlo! Así que nos vemos en un rato, ¿vale? —me contesta.

Se lo agradezco unas **veinte veces más** antes de volver a entrar en clase. ¡Qué ilusión, por favor! Hoy no solo he ayudado a una amiga, ¡también he entrado en *la extraescolar de mis sueños*!

En cuanto termina la clase de Inglés y suena el timbre, se lo cuento a mis amigas.

—¡Si es que estaba claro que se iba a arrepentir! —dice Nadia.

—Va a flipar cuando te vea en acción —añade Zoe.

—De alguien se me tenía que pegar eso de ser **una reina** —se ríe Raquel.

Al final, *¡todo va a salir de maravilla!*

De camino a Arte y Redes Sociales, les envío un mensaje a Andrea y a Sara. Los anteriores siguen sin respuesta, pero no me permito entristecerme. Acabarán contestando. Estoy segura al **cien por cien**.

Cuando entro en el aula, saludo a mis compañeros de extraescolar. Casi nadie me devuelve el saludo y los pocos que lo hacen no parecen muy contentos de verme aquí.

Dejo mis cosas sobre un pupitre y espero a que llegue Miriam. Finjo que me distraigo con el móvil, pero puedo escuchar perfectamente lo que cuchichean a mi alrededor:

—Es una enchufada.

—A la profe le ha dado pena porque está marginada.

—Las reglas deberían ser iguales para todos. Si llegó tarde, llegó tarde.

—¿Es que no sabes quién es Irene Silva? Tiene una burrada de seguidores en TikTok.

—¿O sea que ha usado su famita en redes para apuntarse? Eso es injusto.

—Menuda creída.

Si me defiendo, creerán que lo hago porque todo lo que han dicho es verdad. Aunque nada lo

es. Además, no debo darles importancia a los cuchicheos. Seguro que en unos días ocurrirá otra cosa y empezarán a chismorrear sobre ello.

Los rumores siempre funcionan así: eres el centro de uno hasta que ocurre algo más interesante y dejas de serlo.

Echo un vistazo de reojo y descubro que Claudia está apartada en un rincón, sin decir ni mu. ¿Será porque ha sido ella quien se ha inventado y esparcido el rumor? No me extrañaría teniendo en cuenta cómo me trata...

—¿Listos, clase? —nos interrumpe Miriam, entrando en el aula con mucho entusiasmo.

—¡Sí!

Intento disfrutar de la actividad que nos encarga: grabar un vídeo individual de la temática que queramos con un montaje chulo. Pienso en un baile con varias transiciones. Me vendrá bien practicarlas.

Pero, por mucho que me esfuerzo en divertirme, nadie me quita el ojo de encima y me cuesta concentrarme.

Pensaba que ese malestar que sentí el primer día había desaparecido del todo. No es así. Sigue en mí y no desaparece cuando se acaba la extraescolar.

Ni cuando llego a casa.

Ni cuando consigo dormirme… porque no dejo de tener pesadillas **durante toda la noche**.

6

¡Por fin es sábado!

Vaya tela, ¡esta semana de clases se me ha hecho **muuuy larga**! Como si hubiera durado dos o tres eternidades.

Pero hoy va a ser un día fantástico. Mirad si estoy segura, que me he despertado prontísimo por la emoción. Incluso he ordenado mi cuarto sin que me obliguen. Ya, hasta mi madre ha alucinado conmigo antes de irse a trabajar al restaurante.

Oye, yo también estoy un poquito sorprendida con toda esta energía matutina, pero ¿cómo no voy a tenerla? Y es que, dentro de nada, Raquel, Nadia y Zoe pasarán a buscarme para ir al centro comercial. Comeremos en una pizzería que está deliciosa, veremos una peli en el cine y luego daremos una vuelta por las tiendas de ropa.

Más perfecto, ¡imposible!

Además, aprovechando que ayer me compré maquillaje nuevo y que estreno *outfit*, voy a grabar un «*Get ready with me*» para **TikTok**. Me encantan este tipo de vídeos, porque no solo enseño con qué me visto o cómo me maquillo, sino que también aprovecho para hablarles a mis seguidores de mi día a día.

Y ahora, si soy sincera, ¡mi vida resulta de lo más interesante! ¡Me están pasando un montón de cosas!

Cuando estoy a puntito de darle al botón rojo de grabar, me suena el móvil. Doy un salto del susto y me fijo en que es una videollamada. De Sara y Andrea.

Un segundo.

¡Una videollamada de Sara y Andrea! No habíamos quedado en hacer ninguna. De hecho, ni siquiera me han respondido aún a la infinidad de mensajes que he mandado en nuestro grupo de WhatsApp.

Bueno, ¡qué más dará! ¡Al fin vamos a hablar!

Estoy tan feliz que casi tiro el móvil cuando descuelgo. Sus caras aparecen enseguida en pantalla y yo sonrío, a pesar de que ellas… no mucho, la verdad.

—¡Hola, chicas! ¿Cómo estáis? ¡Qué ganas tenía de hablar con vosotras! ¡Contadme todas las novedades! ¡Os he echado tantísimo de menos! —digo entusiasmada.

—Ah, ¿sí? —contesta Sara, muy seca.

—¡Claro! —Intento no vacilar ni dejar de sonreír—. ¿Por qué lo dices?

—Tú sabrás, Irene —añade Andrea, igual de seria que la otra.

—No, no lo sé —susurro.

A Sara se le escapa una risita. No de las buenas, sino de esas que suenan **como un resoplido**. Como si yo estuviera mintiendo y ella me hubiera pillado.

—No entiendo nada.

—¿Ahora vas a hacerte la tonta, Irene? —me suelta Sara.

—Porque bien lista que eres para hacer nuevas amigas tan rápido y olvidarnos.

—Que yo… ¿qué? —balbuceo.

—¿O vas a negarnos que no tienes nuevas amigas allí y que encima no paras de subir vídeos con ellas a tu TikTok? —pregunta Andrea.

Me quedo paralizada de golpe.

Intento respirar para calmarme, pero todo el aire se me atasca en los pulmones y no lo consigo. ¿Qué está pasando?

Sara y Andrea son mis mejores amigas. Me conocen de sobra. Saben que nunca les daría de lado. Aunque haga nuevas amigas, ellas siempre van a ser las más especiales. No entiendo cómo pueden pensar esas cosas tan feas sobre mí.

—Os he estado enviando mensajes todos los días —intento explicar.

—¿Y crees que eso es suficiente?

—No me llamasteis el primer día de clase cuando...

—¿Nos estás culpando por no hacerte una videollamada? Yo flipo contigo, tía —dice Sara.

Las lágrimas se me acumulan en los ojos, pero hago un esfuerzo por no llorar frente a ellas. Esto es un malentendido. Si me permitieran demostrarlo, podríamos perdonarnos, solucionarlo y seguir adelante.

—No os estoy culpando —aclaro—. Ahora vivimos muy lejos y tenemos ritmos diferentes. La distancia es muy dura, pero todos los días sueño con volver a casa y con veros. En un año, cuando termine el contrato de mi madre…

—¡Qué fuerte, Irene! —me corta Andrea—. Si no has necesitado **ni un mes** para sustituirnos. Siempre estás con ellas. Que si Noemí y Ramona por ahí, que si Cloe por allá… ¡No paráis de hacer planes juntas!

—No se llaman así. Son Nadia, Raquel y Zoe —corrijo, un poco enfadada.

—¡Hasta las defiendes a ellas antes que a nosotras! —se indigna Sara—. Mira, chica, si esto es lo que vale nuestra amistad para ti, espero que te vaya muy bien sin nosotras. Ni siquiera nos sacas ya en tus redes.

No puede ser. *¿De verdad no he sido una buena amiga?* Si no he dejado de enviarles mensajes y siempre he insistido en hacer videollamadas. Además, mi cuenta está llena de fotos y vídeos con las dos.

—Será mejor que dejemos de hablar por un tiempo —dice Andrea.

—Sí. Danos espacio, Irene. Y ya veremos más adelante —zanja Sara.

Ni siquiera tengo la oportunidad de explicarme **una vez más**. Cuelgan antes de que pueda procesar lo que acaba de ocurrir. Esto no puede estar pasándome a mí. Seguro que sigo durmiendo y esta es otra de mis pesadillas. Es lo que suelo soñar: me quedo sin amigas y perdida en medio de una ciudad extraña hasta que ni yo me reconozco a mí misma.

Me pellizco el brazo y **duele**. Siento un dolor real en el cuerpo. Y también en el corazón. No estoy soñando. Todo es verdad. Andrea y Sara necesitan estar lejos de mí porque les he hecho daño. Quiero pedirles perdón, pero no sé cómo ni qué decir.

Porque… ¿qué he hecho exactamente? Aún no sé dónde me he equivocado.

Hace una hora que mi madre se ha ido a trabajar y mi padre ha salido a hacer recados. Mi hermana Alba sí que está en casa, así que me levanto de la silla para pedirle consejo. Pero cuando llego ante la puerta de mi dormitorio, me detengo en seco.

No.

No puedo.

¿Qué pensará mi hermana mayor si resulta que Sara y Andrea tienen razón? ¿Y Nadia, Raquel y Zoe?

Sin duda, me quedaría como en mis pesadillas, eso seguro: *sola en esta ciudad demasiado nueva y extraña.*

Debo callármelo, sí.

Retrocedo hasta la cama y me tumbo. Si pudiera, me metería bajo las sábanas, a pesar de que ya voy medio arreglada. Solo tengo ganas de quedarme en casa y no hacer nada.

No lloro, aunque ganas no me faltan. Si yo soy la culpable de todo esto, no merezco derramar ni una sola lágrima.

No tengo ánimo de salir por ahí, así que les envío un mensaje a Raquel, Nadia y Zoe para decirles que estoy enferma. Os prometo que no me gusta mentir, aunque cada vez me salga mejor y con más facilidad.

Dejo el móvil sobre el almohadón y enseguida se ilumina con los mensajes que me llegan. Las tres deben de estar muy preocupadas, pero cierro los ojos.

Porque *todo a mi alrededor parece más sencillo si no miro.*

Porque todo a mi alrededor parece que no existe si no miro.

7

El otoño ha llegado a la ciudad. El suelo está cubierto de hojas secas y corre una brisa fresquita. No se puede ver ni un rayo de sol, las nubes invaden todo el cielo y están tan grises como mi corazón. O, al menos, así lo siento yo. Oscuro, pesado y lleno de las lágrimas que me esfuerzo por no derramar.

Estamos a lunes otra vez. Es como vivir en un lunes eterno. No sé en qué momento ha pasado ya una semana cuando los días transcurren tan tan lentos.

Entro en el aula, dejo las cosas en mi pupitre y me obligo a no inclinarme sobre él y esconder la cara entre mis brazos, aunque es lo que el cuerpo me pide. Descansar me sentaría tan bien... Las pesadillas no me dejan en paz. No puedo ni dormir más de **dos horas seguidas**.

Entonces, Raquel, Nadia y Zoe llegan y se acercan a mí antes de ocupar sus sitios.

—¿Cómo te encuentras hoy? —me pregunta Raquel.

—Mucho mejor —contesto con una sonrisa forzada.

—Si ocurre algo, puedes confiar en nosotras. Lo sabes, ¿verdad? Estamos aquí si quieres hablar. —apunta Nadia, inquieta.

—Por supuesto. —Finjo que toso—. Como os dije, solo es un resfriado. El finde me ha venido bien para descansar, pero aún no estoy recuperada del todo.

No tengo muy claro que se crean eso de que caí enferma de repente, pero no cedo. Debo disimular lo triste que me siento día tras día, no hay otra alternativa. Lo último que quiero es que se preocupen por mi culpa.

Las clases pasan una detrás de otra y yo no me entero de ninguna. Clavo la vista en algún punto de la pizarra y, aunque ni siquiera parpadeo, soy incapaz de atender a la lección. Los profesores no se dan cuenta de mi falta de concentración. Bueno, el de Matemáticas sí, **¡cómo no!**

—Irene, resuelve este problema —me pide Lorenzo.

Salgo a la pizarra, pero, si no puedo resolver mis propios problemas personales, ¿cómo se supone que voy a ser capaz de solucionar este? Da igual que esto vaya de **cálculos y fórmulas**, todo me parece igual de complicado. No estoy concentrada.

—No vas por el buen camino, Irene —me avisa el profesor.

«Eso ya lo sé. Soy yo la que no para de *tropezarse con las mismas piedras*», me dan ganas de contestarle.

—O te espabilas o volverás a suspender —continúa.

Eso también lo sé, pero estoy harta de que me lo recuerde.

Vuelvo a mi sitio sin haber escrito un solo número en la pizarra y Lorenzo me pone un **punto negativo** por, en sus propias palabras, mi «aparente falta de estudio e interés». Si supiera lo que me pasa realmente...

Más tarde, mis amigas se pasan el recreo entero preguntándome si necesito ayuda con las mates o con cualquier cosa. Está claro que sospechan de mi actitud. Y por eso yo repito que no.

No necesito ayuda.

No necesito nada.

Quizá la clase de Arte y Redes Sociales me anime. Al menos, mis compañeros ya no cuchichean sobre mí y me tratan con más amabilidad. Además, estoy aprendiendo un montón y Miriam está muy contenta con mis resultados. Debe de ser la única profe que está orgullosa de mí. Eso ya me anima un poco.

Antes de dirigirme al aula de la extraescolar, voy al baño. Y justo cuando entro, Claudia sale de uno de los cubículos. Tiene la larga melena rubia recogida en una coleta alta y los ojos enrojecidos. Parece que ha estado... ¿llorando? Solo lo parece, claro, porque, cuando me ve, Claudia se suelta el pelo y vuelve a recuperar su pose distante en un abrir y cerrar de ojos.

—Hola —la saludo, a pesar de todo.

—Hola —me contesta mientras se aplica otra capa de rímel.

Me coloco delante del espejo, a dos lavamanos de distancia. De repente, el móvil me tintinea con varias notificaciones. Mi esperanza de que sean Sara y Andrea arrepentidas por todo lo que sucedió en nuestra última videollamada cae en picado: son comentarios en **TikTok**.

El corazón me late con fuerza al leerlos. Algunos seguidores protestan porque ya casi no subo contenido. Y también comentan que el que subo no es muy bueno. Me fijo un poco en sus perfiles y nombres de usuario y me doy cuenta de que **son cuentas falsas**, sin duda alguna. ¿Quién ha malgastado su tiempo en crearse estos perfiles vacíos solo para meterse conmigo? ¿En serio la gente se aburre tanto?

Nunca me había pasado esto. Trago saliva, aunque se me haya hecho un nudo en la garganta. Soy consciente de que no se me están ocurriendo buenas ideas para mi perfil, pero no es fácil crear contendido cuando no estás en tu mejor momento, cuando no estás motivada y solo te apetece quedarte en la cama.

Pfff, lo que me faltaba. TikTok era lo único que todavía no me había fallado. *Mi única alegría.*

Miro de reojo a Claudia. Sé que no debería dirigirle la palabra, más que nada, porque la chica nunca parece dispuesta a ser agradable conmigo. Pero necesito hablar de esto con alguien. Con alguien que pueda entenderme a la perfección. Al fin y al cabo, ella también tiene una cuenta con muchos seguidores.

—Oye, Claudia, ¿alguna vez has tenido haters en tu cuenta de TikTok?

—No.

—¿No? —me sorprendo.

—No.

Punto y final. Pues menuda conversación más provechosa.

—Venga, que llegaremos tarde a la extraescolar —añade.

Quien avisa no es traidor. Efectivamente, llegamos **cinco minutos** tarde. La puerta está cerrada, pero, aun así, llamamos y la profe nos permite entrar.

—A la próxima os quedaréis fuera —nos advierte Miriam—. En fin, recapitulando: les estaba explicando a vuestros compañeros que, en breve, se celebrará la Semana Cultural del instituto. Nosotros participaremos con varias actuaciones que unan el arte con las redes sociales. Y lo haremos por parejas.

Claudia y yo no podemos evitar poner la misma cara de terror. *¿Por parejas?* No me gusta cómo pinta esto. Sobre todo para mí.

—¿No podemos hacerla de manera individual? —pregunta Claudia.

—He dicho por parejas —repite la profe—. Y ya las hemos formado mientras no estabais. Lo que significa que os toca juntas.

Juntas. Claudia y yo. *Si esto es una broma, no tiene ni pizca de gracia.*

—¡Es injusto!

—Claudia, ya basta —la riñe Miriam.

Debería ofenderme que a la chica le moleste tanto estar conmigo, pero entonces me doy cuenta de una cosa: Claudia siempre está sola. En clase, en los recreos, en la extraescolar. A simple vista, es como si no tuviera amigos. Pero es imposible. Quizá se piensa que nadie está **a su altura**. O quizá…

Quizá le está pasando algo y su forma de ocultarlo es mantenerse alejada de todos.

Por sorprendente que pueda parecer, en realidad la entiendo.

Ahora mismo, yo también estoy escondiendo mucho más de lo que demuestro.

Incluso a mi familia y a mis amigas.

8

¡Nada me fastidiará este sábado!

En cuanto me he despertado, he enterrado toda mi tristeza en lo más hondo de mí misma y he sonreído frente al espejo. *Sí, puedo hacerlo.* Puedo volver a ser la Irene Silva que siempre he sido: alegre, optimista y con ganas de comerme el mundo.

¿Sara y Andrea ya no quieren ser mis mejores amigas? ¡Pues ellas se lo pierden! ¿A Claudia no le apetece ser mi compañera en la actuación de la Semana Cultural? ¡Tendrá que aguantarse o no actuaremos **ninguna**! ¿Mi profe de Matemáticas me tiene manía? ¡No es mi culpa!

Me visto, me plancho el pelo, me maquillo y... ¡lista para el día de hoy!

Llaman al timbre de casa y, de camino a la puerta, cojo el bolso. Cuando abro, Raquel, Nadia y Zoe chillan de emoción al verme.

—¡Estás guapísima, Irene! —me dice Nadia—. Me encanta tu chaleco.

—Te lo dejo cuando quieras —le contesto y me abraza mientras suelta otro gritito emocionado.

—¿Vamos? —nos apremia Raquel.

—Siempre vas corriendo a todas partes —se ríe Zoe—. Reserva energías para el campeonato interescolar, ¿no?

—¿¡Te han elegido para competir, **Raqueen**!? —le pregunto, ilusionada, mientras cierro la puerta y nos dirigimos a la calle.

—El profe aún no ha anunciado nada. Zoe solo lo dice porque me quiere mucho.

—Y porque siempre andas a zancadas y nuestras piernas no son tan largas como las tuyas —bromea nuestra amiga lectora.

—Ni tampoco tienen tantas ganas de hacer ejercicio —añade Nadia.

Entre risas, nos cogemos del brazo y nos encaminamos al centro comercial. Los silencios no existen en nuestras conversaciones y los temas de qué hablar son infinitos: las clases, nuestras aficiones, cuál es la última serie que hemos visto... Adoro tener amigas que se parezcan a mí y que, a la vez, tengan gustos tan diferentes.

Por ejemplo, yo no sé tocar el piano, pero **me pasaría horas** escuchando a Nadia hablar de escalas y arpegios. Y Raquel no tiene mucha idea de moda, pero no me interrumpe ni una sola vez mientras les hablo de la última **tiktoker** de belleza que he descubierto.

Sara, Andrea y yo éramos casi idénticas. Vestíamos similar, nos gustaba exactamente lo mismo... Aunque era genial, me doy cuenta de que mi relación con estas tres chicas tan inteligentes, afectuosas y divertidas me llena mucho más.

Ser distintas no es malo. Todo lo contrario.

En cuanto llegamos al centro comercial, ¡aprovechamos **hasta el último minuto**! Me lo paso tan bien que ni siquiera miro el móvil una sola vez.

Nos probamos todo tipo de ropa. ¡Incluso la que no nos gusta! Cuando Nadia sale de un probador con un sombrero gigante, unos tacones que le vienen enormes y unas gafas que le ocupan toda la cara, casi lloramos de la risa.

Comemos en la pizzería y nos hartamos a helados en el postre. Luego nos metemos en una tienda de maquillaje y empezamos a trastear con los productos de muestra.

—¿Crees que este color me queda bien? —me pregunta Raquel. Se vuelve hacia mí, se ha pintado los labios de rosa, pero lo ha hecho mal a propósito.

—¡Raquel! —me río—. ¡Eres una payasa!

—Para ser una payasa le falta... —dice Zoe— ¡mucho **más colorete**! —Y le estampa una brocha en las mejillas y en la nariz.

Os lo prometo: *no paro de reírme en todo el día*. Y de verdad. Sin obligarme, ni forzarlo. Me sienta de lujo. Me hacía falta olvidarme de todo y disfrutar sin límites. De hecho, no me doy cuenta de la hora que es hasta que ellas me lo dicen.

Oh, no. No solo pasan **treinta minutos** de mi toque para volver a casa, sino que mis padres me han llamado unas diez veces.

—¡Nos vemos en clase, chicas! —me despido de mis amigas.

—¡Hasta el lunes, Irene!

Por suerte, el centro comercial no está muy lejos de mi casa. Aun así, corro con todas mis fuer-

zas. Cuando entro, mis padres ya están esperándome en medio del salón. Parecen muy disgustados. Alba también está y exclama en cuanto me ve:

—¡Por fin, Irene! ¡Qué susto!

—¿Dónde estabas? —me pregunta mi padre.

—Con Raquel, Nadia y Zoe en el centro comercial. Os lo dije.

—Pero si vas a llegar más tarde, debes avisarnos. ¿Para qué tienes el móvil? —me dice mi madre.

—Lo siento…

—Solo ha llegado tarde por media hora —intenta defenderme mi hermana.

—Alba, vete a tu cuarto. Es mejor que tengamos esta conversación con Irene **a solas**.

Mi hermana me mira apenada. Yo intento transmitirle con los ojos que, por favor, no se vaya. Ella parece disculparse con una última mirada y se marcha del salón.

¿Cómo ha podido torcerse tanto el sábado?

Antes de empezar la conversación, subo a mi habitación y me pongo ropa cómoda. Al volver al salón, mis padres me piden que me siente en el sofá. Ellos en cambio no lo hacen, sino que se quedan de pie frente a mí.

Uy, mala señal.

Intento calmar mis nervios, pero me resulta imposible cuando mi madre se saca del bolsillo el examen parcial de Matemáticas que suspendí.

—¿Cuándo ibas a contarnos esto?

—¿Has husmeado en mi cuarto, mamá?

—Cuidado con ese tonito —me avisa—. No entendemos nada, Irene. Eres buena estudiante y, sobre todo, muy buena niña. ¿Te ha ocurrido algo que debamos saber?

No me están riñendo como tal. Lo noto: *solo están preocupados.*

Pero... no quiero hablar de ello. ¿Cómo era la frase? Si no les hago caso a mis problemas, ¡es como si no existieran!

—Irene, queremos ayudarte, de verdad —dice mi padre.

—Pero estoy bien. No necesito ayuda —susurro, cabizbaja.

—No lo parece. ¿Es que no estás a gusto en tu nuevo instituto? ¿Te está costando adaptarte a la ciudad? Sé que echas mucho de menos nuestra antigua casa, y a Sara y a Andrea, pero... vas a tener que acostumbrarte.

—Tampoco tanto —contesto—. En un año volveremos.

—No vamos a volver, Irene.

Estas últimas palabras me caen encima como **un jarro de agua fría**. Alzo la cabeza de sopetón hacia mis padres. Los miro, confusa. Y, cuando veo sus caras, empiezo a entenderlo. Balbuceo algo antes de poder preguntar:

—¿A qué te refieres exactamente con que «no vamos a volver»?

—Me han comentado que el restaurante está muy satisfecho con mi trabajo como chef, así que van a hacerme un contrato fijo. Tendremos que quedarnos, Irene.

—O sea, quieres decir que tu contrato no acabará en un año y deberemos quedarnos aquí durante más tiempo.

—Para siempre. Si todo sale bien.

¿Para siempre?

¿Si todo sale bien?

¡Nada está saliendo bien!

¡Esta mudanza es lo peor que me ha pasado en la vida! Desde que llegamos, todo me ha ido mal en el instituto, mis amigas de la infancia me han rechazado y ni siquiera disfruto ya de las redes sociales.

En esta ciudad, no parezco yo.

¡No soy yo!

¿Y ahora me dicen que tengo que quedarme aquí **para siempre**?

—¿No tienes nada que decir? ¿Qué te parece? —me preguntan.

Me encojo de hombros. Estoy a punto de llorar, pero me aguanto.

¿Para qué voy a opinar? Contarles que no pertenezco a este lugar y que me siento más perdida que nunca no va a cambiar absolutamente nada, lo sé.

Solo hará realidad mis miedos y acabará destrozando mis sueños.

—Por habernos escondido el suspenso, te vamos a castigar para que estudies —dice mi padre, decidido.

Vuelvo a encogerme de hombros, fingiendo que **me da igual**. No me da igual, es obvio, pero ya no sé cómo actuar para que todo mejore. Lo he intentado de todas las maneras posibles y no ha sido suficiente.

¿Yo no soy suficiente?

Estoy agotada.

Me levanto en silencio y me marcho, mis padres no me detienen. Luego me encierro en mi cuarto, a oscuras.

No puedo más.

9

Me siento fatal, *estoy cansada de mentir*. Arrastro los pies por los pasillos del instituto porque la tristeza me pesa demasiado. Se me hace muy raro sentirme así, **completamente derrotada**. Y debo de tener muy mala cara, porque Raquel, Nadia y Zoe me miran sin poder disimular su preocupación.

Me preguntan una vez más cómo me encuentro, y yo, una vez más, no respondo con sinceridad. A estas alturas, ya deberían haberse alejado de mí por no ser honesta, pero no se marchan. No se mueven **ni un centímetro**. Continúan a mi lado, preguntando o en silencio, esperando a que yo dé el paso y les pida ayuda.

—Estamos aquí para lo que necesites —me recuerdan.

—Lo sé. Sois las mejores.

—Igual que tú.

Consigo dedicarles una sonrisa, es diminuta pero sincera.

Aun así, ya no tengo fuerzas para disimular que todo va bien, pero tampoco para explicarles qué sucedió el sábado pasado con mis padres.

Esta va a ser mi vida.

A partir de ahora y… para siempre.

A la hora del recreo, me escabullo con la excusa de ir al servicio. No me apetece estar en la cafetería. Es que hay demasiada gente, demasiado ruido, y ahora *necesito un poquito de tranquilidad*, de soledad.

Otra cosa extraña en mí, ya que normalmente me encanta estar rodeada de gente.

Pero hoy no estoy para nadie ni para nada más.

Me echo la capucha de la sudadera sobre la cabeza para pasar desapercibida entre los alumnos y me dirijo a los baños **con paso rápido**. Cuanto antes llegue, antes podré respirar con más tranquilidad.

¿Y llorar?

No me acuerdo de la última vez que lo hice.

Los servicios están despejados. **Perfecto**. O eso creo, porque entonces escucho un ruidito. Y, después, otro parecido. Son sollozos. Provienen de uno de los cubículos cerrados y me agacho para mirar por el hueco inferior de la puerta. Solo distingo unas deportivas blancas, aunque reconozco enseguida a quién pertenecen.

Pocas personas son capaces de mantener sus zapatillas **como nuevas**.

Es Claudia.

No la aviso de que estoy aquí, pero tampoco me escondo en uno de los cubículos. Simplemente me apoyo en la repisa de los lavabos y espero a que salga.

Cuando abre la puerta, descubro que ha estado almorzando sola ahí dentro, porque está tirando un paquete vacío de dónuts a la papelera. Y, como ya me pareció la primera vez que nos encontramos aquí, sí que ha estado llorando.

No me ve enseguida, pero da un respingo cuando repara en mi presencia.

—¿Qué haces aquí? —me suelta.

—Tan simpática como siempre —contesto, irónica.

Luego relajo la postura. Claudia me hace una mueca y se dirige a uno de los lavamanos para limpiarse las manos y retocarse el maquillaje frente al espejo.

—¿Estás bien? —le pregunto, la verdad es que me preocupa.

—Genial. ¿No lo ves?

—Pues no.

Me cruzo de brazos, indignada. Si está triste, no pienso dejarla sola, por muy cabezona y antipática que se ponga. Y mi tono severo le llama la atención, porque Claudia se vuelve hacia mí con los ojos llorosos abiertos como platos. Creo que le ha sorprendido que me haya plantado en vez de callarme como suelo hacer.

—No tienes por qué almorzar aquí, ni mucho menos llorar sola —le digo.

Por un momento, me da que Claudia se va a poner echa una furia. Pero no. Se rompe del todo. Empieza a llorar **sin filtros**. Resulta que esta chica con esa pose de popular insoportable e intocable es tan humana como los demás.

—Es por mis padres —confiesa—. Siempre están ocupados con su trabajo. Nunca tienen tiempo para mí. No se fijan en mis notas ni en todo lo que he conseguido con mi cuenta de TikTok. Dan por hecho que soy perfecta, pero no lo soy. Y, aun así, no dejo de esforzarme en serlo para no decepcionarlos.

Saco un papel del dispensador y se lo tiendo para que se seque las lágrimas.

—¿Qué sentido tiene currarme una actuación para la Semana Cultural si ellos no van a venir a verme? —continúa—. Por eso no quería hacerla contigo. Pensaba que, si la hacía por mi cuenta, tal vez mis padres sentirían que debían apoyarme para no dejarme sola en el escenario. Pero no importa. Sola o acompañada, no vendrán.

—Lo siento mucho, Claudia.

—No te preocupes —me contesta. Por primera vez desde que nos conocemos, no lo dice con mala intención—. Si nadie me necesita, yo tampoco necesito a nadie.

Con esa explicación termino de entender por qué Claudia se comporta como lo hace. Está sola por elección propia: rechaza a todo el mundo antes de que todo el mundo tenga la oportunidad de rechazarla a ella. Así no se la juega y se evita los malos tragos.

Cree que, si ni siquiera sus padres están ahí para ella, nadie más lo estará.

Vaya, las apariencias engañan.

En realidad, Claudia no es como se esfuerza en aparentar.

Entonces me doy cuenta de la suerte que tengo de que mis padres y mi hermana Alba me apoyen **en todo**, y de manera incondicional. Sé que están muy orgullosos de las metas que he conseguido y que *confían en mí.*

Y, aunque Sara y Andrea no han resultado ser las mejores amigas que siempre había creído tener, Raquel, Nadia y Zoe me han demostrado mucho más en pocas semanas.

¡Claro! Esto es lo que Claudia necesita: una mano amiga. Que alguien crea en ella y le haga sentir que *vale muchísimo*. Y sé que yo puedo ser esa persona.

—Pues para que lo sepas, me encanta tu cuenta de TikTok. Subes mogollón de contenido y es muy original.

—Solo lo dices para animarme…

—Qué va —contesto, sincera—. Te sigo. ¿No lo has visto?

Claudia asiente, parece algo sorprendida por mi amabilidad. Luego agacha la cabeza un momento, como si estuviera pensando algo. Suspira, vuelve a mirarme a los ojos y me dice:

—Lo siento, Irene. Muchísimo.

—¿Por?

—Por lo mal que me porté contigo el primer día. Bueno, y por pasar de ti hasta ahora. Casi no te apuntas a la extraescolar por mi culpa y encima ni siquiera te chivaste. No tengo excusa, pero... estaba un poco celosa. Ser la influencer del instituto es lo único que me hace **especial**.

—Eso no es cierto.

—Si no me conoces...

—Porque no dejas que te conozcamos, Claudia.

—Ya, en eso tienes razón —admite—. El caso es que te sigo desde hace tiempo y a mí también me encanta todo lo que haces para tu cuenta. Eres genial, Irene, y yo he sido muy tonta. Lo siento otra vez.

—Te perdono.

—¿De verdad?

—De verdad de la buena —insisto, risueña—. Y te aseguro que, si trabajamos juntas en la actuación para la Semana Cultural, nos saldrá algo chulísimo. ¿Qué te parece si empezamos desde cero? —Extiendo una mano hacia ella—. Hola, soy Irene. ¿Y tú?

Claudia parpadea, de nuevo parece sorprendida. Después se echa a reír a carcajadas, como si le hubiera contado **un chiste buenísimo**. Debe de pensar que soy una tía rarísima, pero no me importa porque he conseguido animarla.

—Encantada, Irene. Yo soy Claudia.

Me estrecha la mano y ambas sonreímos. ¡Por fin hemos hecho las paces! El malestar en mi pecho se suaviza un poco. Parecía imposible, pero... ¿estoy empezando a sentirme mejor?

—Tenemos que inventarnos una actuación **de diez**, ¿eh? —me advierte Claudia—. Yo nunca hago el ridículo.

—No esperaba menos de ti. Aunque yo a veces sí que hago el ridículo.

—No esperaba menos de ti —repite, en broma. Volvemos a sonreír y Claudia añade con un tono amable que le pega mogollón para lo poco que lo utiliza—: Y gracias por todo, Irene.

—Gracias a ti, Claudia.

Una vez que hemos arreglado nuestras diferencias y por fin nos comprendemos la una a la otra, decidimos montar **la mejor actuación** de la Semana Cultural.

¡Nadie nos superará!

10

Paso a la derecha. Golpe de cadera. Movimiento de manos. Dos zancadas. Voltereta lateral y… ¡Claudia y yo chocamos **por enésima vez**!

—¡Ay!

—¡Au!

—¿¡Estáis bien!? —preguntan Raquel, Nadia y Zoe al unísono, corriendo hacia nosotras.

Estamos en medio de un parque, así que varias personas a nuestro alrededor también se detienen por si necesitamos ayuda. Pero el impacto ha sonado más aparatoso de lo que ha sido en realidad. Hacemos varios gestos para que nadie se preocupe y luego resoplamos.

Nuestra actuación para la Semana Cultural nos está costando más de lo que creíamos.

No voy a haceros *spoiler* sobre lo que estamos montando, porque Claudia y yo queremos que sea una sorpresa para todo el mundo, pero os adelanto que incluye un baile complicado y muchos móviles grabando.

¡Una pasada!

Y también un dolor de cabeza.

—Creo que deberíamos separarnos dos zancadas y media para hacer la voltereta lateral. Porque hemos chocado **nueve de cada diez veces** —explica Claudia.

—Pero tampoco podéis quedaros muy lejos —apunta Zoe—, porque enseguida os tenéis que coger de la mano para girar a la vez.

Mis tres amigas y Claudia continúan barajando opciones, mientras yo las observo. Estoy muy feliz, por cierto. Me encanta que se lleven genial porque Claudia me cae superbién.

¿Os acordáis de cuando tuve la **corazonada** de que Claudia y yo podíamos llevarnos genial? Pues ¡acerté! Es una chica fantástica, creativa y perspicaz. Es verdad, no es perfecta (¡nadie lo es!), pero sí es perfeccionista. Se esfuerza muchísimo en todo lo que hace y siempre cuida hasta el más mínimo detalle.

Lo que me viene de perlas, porque yo soy más espontánea. Hago las cosas un poquito más a lo loco. Y está genial que seamos diferentes en esto porque lo que no tiene una lo tiene la otra. Mi naturalidad y su meticulosidad hacen que nos compenetremos a la perfección.

Además, ha encajado sin problemas con Raquel, Nadia y Zoe. Aunque no me lo dijeron, sé que al principio **dudaron un poco**. Al fin y al cabo, Claudia nunca había sido muy amistosa con ellas, ni con nadie, pero les aseguré que su actitud distante y fría solo era una pose. Una especie de armadura para defenderse de los posibles problemas.

Tardaron menos de media hora en descubrir que yo tenía razón. También ayudó mucho que Claudia estuviera más relajada y sonriente que nunca.

—Vale, vamos a probar con dos zancadas y media —concluye Claudia.

Y allá que vamos otra vez: paso a la derecha. Golpe de cadera. Movimiento de manos. Dos zancadas y media. Voltereta lateral y... ¡aterrizamos una junto a la otra! Nos damos la mano y giramos a la vez.

—¡Lo hemos conseguido! —grito, abrazo a Claudia y me pongo a saltar de la emoción.

—Vale, venga —me dice ella mientras me da unas palmaditas en la espalda. Le cuesta ser dulce y tierna, pero prometo que voy a acabar convirtiéndola en un peluche amoroso—. Todavía tenemos que practicar mucho.

Hemos estado ensayando **días y días**. Como la actuación es una actividad obligatoria del insti, es lo único para lo que mis padres me dejan salir y saltarme su castigo.

Revisamos los vídeos que hemos grabado con los móviles de todas. Menos mal que Raquel, Nadia y Zoe nos están ayudando, porque si no, no sé cómo podríamos haberlo hecho.

Claudia está en lo cierto: nos queda mucho trabajo por delante, pero ¡vamos por el buen camino!

—Yo tengo que irme ya, chicas —dice Claudia cuanto terminamos de ver las grabaciones. Luego recoge sus cosas del banco del parque donde lo hemos dejado todo.

—¿Nos vemos mañana en el insti, Clau? —le pregunta Nadia.

—Eeeeeeh. Sí. Claro. Fenomenal —balbucea.

Me entra la risa. No puedo evitarlo, pero es que no me habría imaginado en la vida que a una persona como a ella le costara tantísimo relacionarse. Entre que mis amigas la han aceptado enseguida y que Nadia ya le ha puesto el apodo de «Clau», parece a punto de cortocircuitar.

—¡Hasta mañana, Clau! —me despido, todavía medio riéndome.

—¡Adiós, ridícula! —me la devuelve Claudia, de broma y sin mala intención.

Me llama así por lo que nos dijimos en el servicio del instituto. Y solo Claudia podría usar «ridícula» como un mote cariñoso. ¿Lo veis? Está a dos quedadas con nosotras de convertirse en un peluche amoroso.

Y yo debería ir yéndome también porque ya no estamos ensayando y, como he dicho, solo puedo saltarme mi castigo si es para eso. Sin embargo, antes de hacerlo, decido que por fin me siento capaz de contarles a mis amigas qué ha estado ocurriéndome.

—Lo siento mucho —digo tan de repente que las tres me miran como si me hubiera salido un tercer ojo en la frente.

—No tienes que disculparte por nada, Irene —contesta Raquel de todos modos.

—Sí, porque últimamente no he sido sincera con vosotras. Me he encerrado mucho en mí misma y me he forzado a apartarme.

—¿Y ahora... te apetece contarnos qué ha pasado durante todo este tiempo? —me pregunta Zoe con delicadeza.

—Sí.

—Mejor tarde que nunca —añade Nadia con una de sus sonrisas bondadosas.

Y, por fin, les abro mi corazón de par en par. Se lo cuento absolutamente todo. Desde el inicio de la mudanza hasta hoy, sin dejarme **ni un solo detalle**. Les hablo de mi antiguo hogar, de Andrea y Sara, de mi familia, del suspenso en Matemáticas y del castigo, de los cambios, los sueños y los miedos, de que ya no me voy a mover de aquí por el trabajo fijo de mi madre...

—De verdad que lo siento. Quise contároslo todo enseguida, pero... me superó la situación.

—Normal que te hayas bloqueado, Irene. Has tenido que enfrentarte a muchos obstáculos de golpe —opina Raquel.

—Y eso no te hace una mala amiga —me dice Nadia—. De hecho, son Sara y Andrea las que no han demostrado serlo. Parece que les interesaba más salir en tu TikTok que apoyarte.

—¿Sí? —dudo.

—¿En serio llegaste a pensar que eras tú la que no estaba portándose bien? —se sorprende Zoe—. Las amigas de verdad no solo están para divertirse. También han de *cuidarse en los momentos difíciles*.

Igual que ellas me han cuidado a mí. Antes, Andrea y Sara también eran así, pero supongo que el tiempo y las circunstancias cambian a las personas. Y que las mejores amigas no tienen por qué ser las primeras ni las únicas, sino las que te quieren tal y como eres **en este preciso momento**.

—No es justo cómo te han tratado, Irene —comenta Raquel.

—Me han hecho mucho daño —confieso—. Creo que... lo mejor sería alejarme de ellas, aunque ellas ya se hayan alejado de mí.

—Es importante que te expreses —dice Zoe—. Si no, los malos sentimientos se te terminan atascando y luego hieren más.

Desde luego, lo he vivido en **primera persona**.

Mis amigas me ayudan a escribirles y enviarles un mensaje a Sara y a Andrea. En él les explico que me entristece mucho que ya no quieran ser mis amigas, pero que *yo no he hecho nada malo*. Todo lo contrario. Y después me salgo de nuestro grupo de WhatsApp.

—Duele, pero no tanto como pensaba. En parte, me siento… aliviada.

Es como si me hubiera deshecho de **una carga enorme**. Y, después de tantas semanas aguantando, lloro. Un poquito de pena, sí, pero mucho de felicidad. Raquel, Nadia y Zoe sonríen con los ojos húmedos y me abrazan entre lágrimas.

Así es la auténtica amistad.

—Entendemos mogollón que vayas a echar de menos tu antigua casa —me dice Raquel, todavía llorando—, pero queremos que sepas que estamos contentísimas de que vayas a quedarte aquí. Para siempre. Con nosotras.

Definitivamente, *yo también*.

Aclaradas las cosas con mis amigas, me toca regresar a casa. Por mi castigo y porque ahora

LEMO

necesito arreglarlo todo con mis padres y mi hermana.

Cuando entro en casa, todos alucinan al verme tan **feliz**.

—¿Todo bien? —me pregunta Alba, desconcertada.

—Sí, quiero contaros algo.

Igual que he hecho con Raquel, Nadia y Zoe, hablo con mi familia. No me importa repetir todo lo que he vivido y disculparme de corazón una y otra y otra vez.

—Lo siento, lo siento, lo siento —insisto—. Mamá, de verdad que me alegra muchísimo que hayas logrado tu sueño de convertirte en chef. Y os prometo que, a partir de ahora, atenderé en el insti y sacaré las mejores notas. Quiero recuperarme del todo porque… en realidad soy muy feliz aquí.

—Lo sabemos, cielo —me contesta mi madre.

—Y a la próxima no te lo guardes todo para ti, ¿vale? —me aconseja Alba.

—Vale.

—La familia Silva podemos con todo —dice mi padre.

Y nos fundimos en un abrazo familiar que termina de sanarme por dentro, *como una gran tirita que lo aguanta y cura todo.*

Me marcho a mi cuarto para continuar con mi «castigo». Aunque ya no me lo parece tanto, ahora que mis sentimientos han dejado de doler. Nadie quiere pasarse **un sábado entero** estudiando Matemáticas, pero he prometido mejorar y eso es lo que voy a hacer.

Además, me están volviendo las ganas de subir contenido a TikTok. Echo en falta crear y estar en contacto con la gente de internet. Puede que vuelva a recibir algún comentario malintencionado, pero la gran mayoría de mis seguidores también tienen ganas de que regrese **por todo lo alto**.

Y *esas son las personas que deberían importarme*. Las que son buenas y desean lo mejor para el resto. Para mí.

Mi familia.

Raquel, Nadia y Zoe.

Claudia.

Mis profes y mis compañeros de clase.

Mis seguidores.

Y... yo.

He aprendido que yo también debo importarme y quererme. A fin de cuentas, soy la persona con la que más tiempo paso.

Nos debemos el mismo amor que damos a los demás.

11

¡Todo va a salir de maravilla!

No lo digo igual que me lo he estado repitiendo durante **semanas y semanas**, como intentando convencerme de una mentira.

Ahora es de verdad, ¡todo va de maravilla!

Con mi familia, con mis amigas... Bueno, todo aún no. Todavía me falta algo por solucionar. Pero, como ya no me da miedo enfrentarme a mis problemas, me dirijo con confianza hacia la sala de profesores.

—¿Está Lorenzo? —pregunto después de llamar a la puerta.

—Sí —contesta él mismo y me invita a pasar con un gesto.

Me acerco a su escritorio. Respiro hondo y empiezo a explicarle lo mal que lo he pasado con la mudanza. Y de la misma manera que se lo prometí a mis padres, le aseguro que **me aplicaré mucho más** en su asignatura.

—Ha sido un bache, pero estoy decidida a superarlo.

No estoy intentando convencerlo de que me apruebe por pena, pero siento que le debía una explicación para que, al menos, entienda mi situación. Lorenzo me escucha sin interrumpirme y, cuando termino, me dice:

—De acuerdo. Entonces, ¿cuándo te viene bien repetir el examen parcial que suspendiste?

—¿Có-cómo? —tartamudeo.

—Que cuándo te viene bien repetir el examen parcial que suspendiste.

—*¿Repetir el examen?* —pregunto. Juro que estoy entendiéndolo, pero es que me está dejando a cuadros.

—Para recuperar la nota —puntualiza, impaciente.

No me lo puedo creer… ¡Me está dando una segunda oportunidad! Os juro que no estaba intentando darle pena. Al final, resultará que Lorenzo no me tiene manía y solo es bastante gruñón.

—¿Podría ser después de la Semana Cultural? —propongo.

Quiero aclararle que es porque a Claudia y a mí nos está costando una barbaridad compaginar los ensayos de nuestra actuación con los deberes, pero, antes de que me dé tiempo, el profe me interrumpe:

—Perfecto. Y estudia, Irene. Sé que eres capaz de **mucho más**.

—¡Sí! ¡Millones de gracias!

¡Ya era ahora! ¡Por fin la vida me sonríe!

Oficialmente, da comienzo la Semana Cultural. El instituto ha preparado tantas actividades entre clases que los alumnos estamos **más animados** que de costumbre. Y con «animados» me refiero a «revolucionados».

Es obvio, ¿no? Nos apetece más estar disfrutando de las actividades que memorizando los ríos y las montañas de la Península.

El lunes hacemos manualidades para decorar el insti entero.

El martes es el día de los juegos y las olimpiadas. Y, por supuesto, Raquel nos gana en todo.

El miércoles está repleto de **actuaciones en directo**. Los de la extraescolar de teatro actúan por los pasillos, los de pintura dibujan en el suelo del patio, los de música entran de repente en las aulas tocando y cantando... ¡La gente tiene muchísimo talento!

El jueves no es un recreo cualquiera, ¡hay un almuerzo especial! Cada estudiante lleva una receta casera y lo comparte con el resto. ¿Los **gofres de chocolate** que trajo Zoe? ¡Me habría comido mil!

Y... ¡al fin llega el viernes!

Hoy es el día en que Arte y Redes Sociales actuaremos por parejas frente a todo el instituto y nuestras familias. Además, como es el último día de la Semana Cultural, no hay clases, así que el instituto está a rebosar de alumnos participando en todas las actividades.

—¿Estás nerviosa? —le pregunto a Claudia.

—Los nervios son para cobardes.

Aunque sé que esta chica es **muy valiente**, no deja de estrujar un papel entre las manos. Para intentar relajarnos, les propongo a todas pasear por el mercadillo benéfico que han organizado. Hay puestos de todo tipo: comida, libros, ropa de segunda mano... ¡Incluso de pulseras de la amistad! Mis amigas y yo nos compramos unas cuantas para llevarlas a juego.

¡Nos lo pasamos en grande!

Conseguimos distraernos tanto que, cuando llega nuestra hora de actuar, ¡Claudia y yo estamos listas!

—Vais a ser las mejores de vuestra extraescolar —nos asegura Raquel.

—¡Ninguna duda! ¿A que sí, Claudia? —le digo.

Pero ella no nos está atendiendo. Tiene los ojos llenos de lágrimas y los clava más allá de nosotras.

—Ay, Clau, ¿todo bien? —se preocupa Nadia.

—Mis padres... —susurra la chica—. Han venido.

Sigo la trayectoria de su mirada y veo a una pareja acercándose a nosotras. No hay duda de que son los padres de Claudia. ¡Se parecen **un montón** a ella! Claudia duda unos segundos, pero al final corre hasta ellos para abrazarlos. Me hace muy feliz que hayan venido a verla actuar. ¡Por supuesto que no iban a perderse un día tan importante para su hija!

—¡Irene! ¡Claudia! ¡Vamos, os toca! —nos llama la profe de Arte y Redes Sociales.

PULSERAS 3€
COLLARES 5€

—¡Mucha suerte! —nos anima Raquel.

—Aunque no la necesitáis porque seguro que lo petáis —añade Nadia y nos guiña un ojo.

—Os estaremos viendo y chillando desde la **primera fila** —nos avisa Zoe.

—¡Gracias por todo, chicas! —les agradecemos Claudia y yo a la vez.

Sin su ayuda, no estaríamos tan preparadas.

—¿Te lo puedes creer? —me dice Claudia mientras nos unimos a nuestros compañeros de extraescolar y seguimos a Miriam hasta los vestuarios del salón de actos—. ¡Mis padres han venido!

—¡Seguro que están muy orgullosos de ti, Clau! ¡Las chicas y yo también lo estamos!

¿Quién iba a decirme al principio de todo que acabaría siendo amiga de Claudia Conde? Esta me abraza, agradecida, y entramos en el vestuario.

Somos las últimas en actuar. Lo que está genial porque así tenemos **más tiempo** para organizarlo todo. Solo espero que, mientras tanto, no volvamos a ponernos nerviosas.

Nos vestimos con los *outfits* que hemos confeccionado exclusivamente para esta actuación. Son únicos, vistosos y **brillantes**. Luego nos maquillamos a juego con el vestuario.

Cuando la penúltima actuación se termina, el salón de actos se queda prácticamente a oscuras y es entonces cuando aprovechamos para montar todo nuestro set.

Colocamos cuatro móviles con sus trípodes en diferentes puntos del escenario, para asegurarnos de tener buenos planos desde distintos ángulos.

Antes de empezar a bailar, Claudia me dice:

—Gracias por haberme ayudado, Irene. Esto no estaría pasando sin ti.

—Y gracias a ti por quererme como compañera para esta actuación, Claudia. Esto tampoco estaría pasando sin ti.

A pesar de la semioscuridad, distinguimos que nos estamos sonriendo la una a la otra. Entonces, se nos ensancha la sonrisa **aún más**. Después nos subimos a la plataforma giratoria y esperamos a que suene *la música de nuestro baile*.

La profe pone a grabar los cuatro móviles y reproduce la canción.

Cuando suenan las primeras notas, los focos del escenario se encienden de golpe y nos iluminan.

—¡Oooooooooh! —se asombra todo el público.

Las luces son tan potentes que no llego a distinguir a mi familia y a mis amigas entre las sombras, pero no pasa nada. Siento que están ahí, animándome, apoyándome y disfrutando tanto como Claudia y yo.

La plataforma giratoria empieza a rodar y nosotras coordinamos varios movimientos antes de bajar de un salto. Los móviles nos graban desde diferentes ángulos y ambas nos movemos **al son de la música**. En uno de los pasos, Claudia y yo cruzamos una mirada y puedo notar en su cara que los nervios se han esfumado y se lo está pasando **bomba**. ¡Yo también!

Cuando llega el momento de las volteretas laterales, no dudamos porque confiamos en lo mucho que hemos ensayado: paso a la derecha, golpe de cadera, movimiento de manos, **dos zancadas y media**, voltereta lateral y... Aterrizamos la una junto a la otra, nos damos de la mano y giramos a la vez para detenernos en una **pose final**.

Se termina la canción.

Silencio absoluto.

Las dos aguantamos en nuestras posiciones.

Y el salón de actos... ¡prorrumpe en aplausos y silbidos!

—¡Sois unas reinas! —nos gritan nuestras amigas desde la primera fila.

—¡Increíble, Irene! —oigo a mi familia desde algún punto de los asientos.

—¡Bravo, Claudia! —vitorean sus padres.

Claudia y yo no nos soltamos la mano y nos inclinamos hacia el público tres veces para agradecerles su entusiasmo.

—Ha sido un éxito total —me dice, con la cabeza aún agachada, mientras nos llueven vítores y aplausos.

—Hemos sido las mejores con diferencia. ¡No hay ninguna duda!

—No esperaba menos de ti, Irene.

—No esperaba menos de ti, Claudia.

Regresamos a los vestuarios y, después de asearnos y cambiarnos, salimos para reunirnos con todos.

—Habéis estado maravillosas, cielo —me felicitan mis padres.

—¡Insuperable! —se suma mi hermana Alba.

—¿La voltereta lateral? ¡Os ha salido perfecta! —dice Zoe.

—Creo que no hemos fallado en ningún paso —comento.

—¡Perfección total! —apunta Claudia.

—¿Vamos a celebrarlo o qué? —exclama Nadia.

—Esto merece, por lo menos, unas pizzas y cucuruchos **con cinco o seis bolas de helado** —propone Raquel.

¡Menudo planazo!

Tardamos una hora más en salir del instituto porque los profesores y nuestros compañeros no paran de darnos la enhorabuena por nuestra originalidad y dedicación. Sienta superbién que tus esfuerzos tengan recompensa, pero ¡mucho más poder compartirlo con tus seres queridos!

De camino al centro comercial, Claudia me pregunta:

—¿Y si editamos la actuación en un momento y la subimos a nuestras cuentas de TikTok? ¿Te apetece?

—¡Es una idea buenísima! Podríamos dividirla en dos y cada una subir una parte.

—¡Genial!

Llegamos a la pizzería y, mientras esperamos a que nos sirvan la comida, montamos los dos vídeos. Nos cuesta más tiempo de lo normal porque hay muchos clips, transiciones y ángulos, pero, al final, nos quedan **dos tiktoks** estupendos.

Los subimos a la vez y decidimos no mirar nada hasta después de la cena. Por los nervios y porque queremos disfrutar de este rato todas juntas.

—Tías, ya sé que no queríais ver nada de vuestros vídeos hasta acabarnos las pizzas, pero no me he aguantado —comenta Nadia con el móvil en la mano y una porción mordisqueada de pizza cuatro quesos en la otra.

—¿Y? —preguntamos Claudia y yo a la vez.

Nadia está seria y empiezo a ponerme nerviosa. ¿Es que no le ha gustado a nadie? Pero entonces suelta uno de sus grititos emocionados y dice:

—¡Relax! ¡Os habéis hecho virales!

Claudia y yo nos miramos **un segundo** antes de coger nuestros móviles a toda prisa y comprobarlo. Es... ¡verdad! No paran de subirnos los seguidores, los *likes* y los comentarios. A todo el mundo le está **encantando** y, además, ¡piden que Claudia y yo colaboremos juntas muchas más veces!

¡Desde luego que lo haremos!

No me cabe tanta felicidad en el cuerpo.

—¡Un brindis! —propongo mientras levanto mi vaso. Mis amigas me imitan—. ¡Por nosotras!

—¡POR NOSOTRAS!

12

Toda mi vida está en orden. Es lo primero que siento en cuanto suena el despertador y abro los ojos. Me levanto enseguida y me desperezo con una sonrisa. El dormitorio ya no me parece ni muy nuevo ni muy desconocido. Igual que esta casa, la ciudad en la que me encuentro y el instituto al que debo llegar puntual dentro de una hora y quince minutos.

Esos **343,9 kilómetros** que me separaban de mi antigua casa y me parecían una distancia abismal, ahora se han reducido a cero. Porque ese fue mi primer hogar, pero ahora *mi hogar es este.* El que mi familia y yo hemos construido desde que llegamos y que yo he ido haciendo mío entre risas y lágrimas.

Es el mejor.

Por lo general, cuando yo me levanto, mis padres ya se han ido a trabajar. Pero, como hoy me he despertado más pronto que de costumbre entresemana, los pillo a tiempo en la cocina. Les doy los buenos días con un beso.

—Te veo animada —comenta mi madre, feliz.

—Creo que los lunes están empezando a gustarme —respondo mientras saco un par de gofres de la despensa.

Mis padres intercambian una mirada divertida y yo no puedo evitar sonreír. Me encanta que todo haya vuelto a la normalidad y seamos la familia Silva de siempre: unida, alegre y afectuosa.

Entonces, mi hermana entra corriendo, me roba un gofre, lo sujeta con la boca mientras se pone la chaqueta y dice con la boca llena:

—Fefo farfe a fa ufi. ¡Hafta fuefo! ¡Of fiefo!

—¡Pasa un buen día, Alba! ¡Nosotros también te queremos! —le decimos soltando una carcajada.

A veces llegamos tarde unas. A veces llegan tarde otras. Es el ciclo de la vida del estudiante.

¡En fin! Empiezo a arreglarme para ir al instituto. De paso, aprovecho para grabar un *morning routine*. Mis seguidores se van a partir de la risa cuando vean mis **mil intentos** de hacer bien la cama. Si existe una técnica para que no te quede ni una arruga en las sábanas a la primera, yo no la conozco.

Justo cuando dejo de grabar y le doy los últimos retoques a mi maquillaje, llaman al timbre.

—¡Voy yo!

Cojo la mochila, que ya dejé lista anoche, y me dirijo a la puerta con pasos entusiasmados. En la calle, Raquel, Nadia y Zoe me esperan.

—¡Buenos días, chicas!

—¡Buenos días, Irene!

Esto también es una novedad en mi día a día: a partir de ahora, mis amigas y yo *iremos juntas al insti*. Sí, tenemos que madrugar un pelín más para poder recogernos e ir andando a clase, pero ¡valdrá la pena!

No solo porque me encanta ver a mis mejores amigas desde **primera hora de la mañana**, sino porque... ¡se acabó eso de perder el bus en medio de una lluvia torrencial!

Ayer también avisamos a Claudia para que se uniera, pero no ha dado señales de vida. ¿A lo mejor le ha pasado algo este finde? Ojalá que no, pero espero que nos lo cuente durante el recreo si ha sido así. No quiero que vuelva a encerrarse en sí misma.

—Id un poquito más rápido —nos pide Raquel, dando unas **zancadas** de deportista nata.

—¡Ordenó una de las seleccionadas para competir en el campeonato interescolar de atletismo! —exclama Zoe como si fuese la narradora de un cuento.

—¡**Team Raqueen** en acción! —decimos Nadia y yo al unísono.

Sí, como nos escucháis: *¡el profe de Educación Física eligió a Raquel para competir!* Resulta que sus marcas durante las pruebas fueron más buenas de lo que mi amiga creyó en un primer momento.

¿Veis? *¡Nunca hay que tirar la toalla a la primera!*

—¡No os lo pido porque seáis unas lentorras! —aclara Raquel—. Es que Irene tiene la recuperación de Mates, ¿recordáis?

¡Es verdad! ¡Hoy debo llegar más puntual que nunca! Aunque, desde aquel primer día que ahora me parece muy lejano, ya no he vuelto a llegar tarde a clase, ¿eh?

El caso es que sí, **a primera hora** tengo la repetición del examen parcial de Matemáticas. Y debería estar mínimamente nerviosa, por eso de que a veces me cuesta hasta sumar dos más dos, pero he estudiado mogollón. Así que estoy cien por cien segura de que voy a aprobar.

Llegamos a clase y el profe ya ha apartado un pupitre del resto para que haga la recuperación tranquila. Y para que nadie pueda chivarme las respuestas, claro.

—Tienes toda la hora, Irene —me avisa Lorenzo, dejando el examen sobre mi mesa—. Adelante.

Asiento, confiada. Termino la recuperación en **cuarenta minutos**. La reviso en menos de cinco y se la doy al profe para que la corrija. No lo miro hasta que me felicita:

—Enhorabuena, Irene. Has sacado un nueve.

—¡Toma ya!

Me devuelve el examen parcial e incluso estoy a punto de abrazarlo. Tengo unas ganas inmensas de enseñárselo a mis padres. De hecho, ¡deberíamos hacer fotocopias y empapelar toda nuestra casa con este **pedazo de sobresaliente**!

A la hora del recreo, mis tres amigas y yo buscamos a Claudia para ir a la cafetería, pero no la encontramos por ninguna parte. Ni siquiera está encerrada en los servicios. Algo que, en parte, me tranquiliza mucho.

—¿Se habrá puesto mala? —pregunta Nadia mientras nos dirigimos a la cafetería.

—No tenía muy buena cara durante Literatura —apunta Zoe.

Pero yo ya me conozco de sobra eso de «no tener muy buena cara». Podría estar enferma, pero también podría estar triste. A veces es complicado diferenciarlo.

En cuanto entramos en la cafetería, la localizo: *Claudia está sentada a una de las mesas*. Sola, como siempre. Bueno, como siempre, no. Ya no. Ahora nos tiene a nosotras.

Ni siquiera nos preguntamos qué hacer. Directamente, vamos hasta su mesa y nos sentamos a su alrededor.

—¿Dónde te habías metido, Clau? —le pregunta Nadia como si nada.

—Te hemos buscado hasta debajo de las piedras —dice Raquel.

—Y de los váteres —bromeo yo.

Claudia pestañea, está claro que esto le extraña. Las mira a ellas y luego, a mí. Le sonrío con dulzura y comprensión. Empiezo a intuir por qué esta mañana no ha venido con nosotras al insti y ahora se ha vuelto a apartar.

Pero debe ser Claudia la que nos lo explique. Y lo hace:

—Pensaba que solo estaríamos juntas por la actuación de la Semana Cultural. No creía que... Bueno, que quisieseis ser mis amigas.

—¿Tú te crees que nos compramos pulseras de la amistad con cualquiera? —le pregunta Raquel con una sonrisa, señalando las pulseras a juego que todas llevamos, incluida Claudia.

—Clau, eres una de las nuestras —le aseguro.

Entonces la chica respira hondo, **sonríe de oreja a oreja** y contesta:

—Juntas para siempre.

—¡Juntas para siempre!

Ya os lo dije, ¿no? Todos tenemos un lugar en el mundo. Al inicio de este viaje, yo no tenía muy claro que este fuese a ser el mío. Pero viendo la felicidad de mi familia, las amigas que he hecho y todo lo que he superado, me doy cuenta de lo mucho que he ganado. De lo **brillante** que es mi futuro.

Este es mi lugar.

Mi mundo entero.

Agradecimientos

En las páginas de este libro hay una historia de un nuevo comienzo, a través del cual me gustaría transmitiros el mensaje de que cada cambio, por pequeño que sea, está lleno de posibilidades. Detrás de cada letra en este libro hay un mar de agradecimiento.

A mis seguidores, sin vuestro apoyo incondicional no sería quien soy hoy. Día a día me motiváis a seguir dando lo mejor de mí y a compartir mi pasión, apoyándome en cada uno de los sueños que alcanzo.

A mi familia, por su amor, confianza y apoyo. Me dais fuerza para no rendirme nunca, ni siquiera en los momentos más difíciles.

A mi agencia, Streik Management, por creer siempre en mí y guiarme. Sois parte fundamental de mi crecimiento y éxito.

A mis amigos, por estar en mi vida y hacerla más divertida.

Este libro no sería posible sin el amor y apoyo de cada uno de vosotros.

¡Gracias de todo corazón!

Siempre vuestra,

Irene

Irene Silva es una joven influencer gaditana que en menos de un año ha conseguido cautivar y conectar con centenares de miles de jóvenes, hablando de su día a día de forma cercana y auténtica. Siempre tiene una sonrisa y quiere con locura a su familia, que la apoya incondicionalmente en todo, y a su perrita Bimba.

Este libro
se terminó de imprimir
en septiembre de 2024.